ラルーナ文庫

皇子のいきすぎたご寵愛

～文章博士と物の怪の記～

雛宮さゆら

三交社

CONTENTS

Illustration

まつだ いお

皇子のいきすぎたご寵愛

～文章博士と物の怪の記～

本作品はフィクションです。
実際の人物・団体・事件などにはいっさい関係ありません。

序章　紅葉《もみじ》の舞う中で

あ、と小さく声が洩《も》れた。

風に乗ってひらりと、一枚の紅葉が落ちてきたのだ。それはまるで青海波の衣装の一部であるかのように、最上夜藤春《もがみやふじはる》の烏帽子《えぼし》をかぶった頭に舞い降りた。

藤春は、大学寮に勤める文章博士《もんじょうはかせ》である。大学寮の学生《がくしょう》たちにあらゆる学問を手ほどきする役目にある。学生の中には皇子もおり、その役目は大きい。

「あ」

紅葉は次々と舞い落ちて、藤春の足もとにも降りる。そのさまを、藤春はまるで絵画の中にいるような思いで、見つめていた。

ぼんやりとその場に立ち尽くしていた藤春は、かさ、かさ、と葉を踏む足音に気がついた。大学寮の奥、小さな庭園に入ってきたのは誰《だれ》なのか。藤春は顔をあげた。

「師匠《せんせい》」

「佐須《さす》の……」

藤春は小さく呟《つぶや》いた。佐須貴之《たかゆき》。大学寮の学生のひとりで、確か典薬寮《てんやくりょう》に入ることを目指している者だ。

「貴之、です」

念を押すように、貴之は言った

「貴之とお呼びください。ご遠慮なさらずに」

貴之は妙なもの言いをした。遠慮をして家名で呼んだわけではない。学生をそう呼ぶのは常のことであるし、藤春にとって貴之は、それ以上の存在ではなかった。

そもそも典薬寮を目指す学生自体が、藤春の管轄外であった。優秀な学生である貴之の顔をどうにか覚えている、という程度にしか藤春は彼のことを認識しておらず、これほどに近くにあって話すのもはじめてだったのだ。

「それでは、貴之」

少し警戒しながら、慎重にそう呼びかけた。貴之は、にっこりと微笑《ほほえ》む。

彼の切れ長の目が、微《かす》かに青みがかっていることに藤春は気がついた。陽射しのせいだろうか、その目には不思議な色が見て取れた。

まっすぐに通った鼻筋、笑みを浮かべている唇は薄く、どこかなにかを企《たくら》んでいるかのようだ。そんないたずらめいた表情を浮かべていても、貴之は大人っぽく見えた。まるで年上であるはずの自分のほうが学生で、彼が教師であるかのようだ。

「なぜ、このような場所に？」

「師匠がおいでだったので、追いかけてきました」

藤春は首を傾《かし》げた。貴之がなぜ、自分を追いかけてくるのだろう。

「一度ふたりで、お話ししてみたいと思っておりまして」

「なぜ？」

「師匠の詠まれた歌……一度聞かせていただいて、たいそう感銘を受けましたので」

「歌？」

確かに藤春も、現代の人間として歌を詠むけれど、評判になるほどの腕だというわけではない。貴之が聞いた歌というものも、まったく心当たりはなかった。

「どんな歌だというんだ？」

「秋をうたった歌……」

音楽の律動とともに、貴之は言った。

「紅葉が降るさまを、竜田姫《たつたひめ》の髪にたとえたところは秀逸でした。感動しましたよ」

「竜田姫……？」

そのような歌を詠んだだろうか。藤春はしばらく思考を巡らせて、そういう歌を詠んだことがあるかもしれない、とどうやら記憶を掘り起こした。

「講義のときに、お聞かせくださったのです。私はその歌が忘れられなくて。それからも師匠がお歌を詠まれないか待っていたのですが……」

「気まぐれだったに違いない」

藤春がそう言うと、貴之は残念そうな顔をした。

「大和歌《やまとうた》など、講義には関係なかろう……自分でも、忘れていたくらいだ」

貴之はますます残念そうだったけれど、本当のことなので仕方がない。藤春は居心地悪く身を揺すり、そして天を見あげる。秋の空は高く、透明に澄んでいる。

「うつくしいですね」

貴之も空を見あげる。ふたりして黙って、天空を仰いでいた。

「師匠、今度、仲間と歌合わせを催すのです」

ふいに、貴之が言った。

「師匠も、おいでになりませんか？」

「私が？」

突然そのようなことを言われて、藤春は驚いた。

「私が……おまえたちの集いに？」

「学生などに混じるのは、いやですか」

いいや、と藤春は首を振った。

「いやだというわけではないが……おまえたちのほうが、気を遣うだろう？」

「私は、ぜひとも師匠に来ていただきたいですけれど」

「ほかの者の意見は訊《き》かなくていいのか」

やけに熱心な貴之を前に、藤春は戸惑《とまど》った。

「おまえの独断で、私などを誘って……」

「私が、師匠に来ていただきたいのです」

なおも貴之は、藤春を誘った。

「師匠なら、素晴らしいお歌を披露してくださるでしょう？」

「……そのように、期待するな」

居心地悪く、藤春は言う。そんな彼に、貴之は残念そうな表情を見せた。

「期待されているとあっては、ますます重圧がかかる」

ため息とともに、藤春は言った。

「下手な歌を詠んで、笑いものになりたくはないからな。せっかくだが、遠慮しておく」

「そんな」

貴之は残念そうな顔をしたけれど、しかしそれ以上しつこく誘いはしなかった。

「それでは、私とふたりでは？」

「ふたり？」

彼の意外な申し出に、藤春は思わず訊き返した。

「ふたりで、歌合わせか？」

「ふたりなら、ほかに聞く者もありません。師匠も、ご遠慮なく歌を詠めると思うのですが」

「そういう問題ではない」

藤春の、秋の歌を褒めてくれた貴之だ。その彼の前で、下手な歌は詠めない。今度はそのような理由で、藤春は彼の申し出を辞した。

「誘ってくれて、申し訳はないがな」

「私とふたりは、いや？」

その声音がどこかさびしそうで、甘えるようで。拒否するのは気が引けたけれど、貴之とふたりとなると、ますます下手な歌を詠むわけにはいかない、と思った。

「いやだというわけではないけれど……遠慮させてくれ」

慎重に、藤春は言った。

「そもそも歌合わせは、苦手なんだ」

「そうなのですか……」

残念そうに貴之は言った。その声音を聞くと申し訳ないという気持ちになったけれど、しかし歌合わせなどに出たくないというのも、事実なのだ。

「では、また機会があれば」

貴之はそう言った。そしてひらひらと手を振る。

「そのときには、ぜひともご一緒したいです」

「ああ……」

その機会とやらは決して来ないだろう、と思いながら、藤春はうなずいた。貴之は微笑んで、その笑みに藤春はどきりとさせられる。

藤春は貴之を見あげている。学生のくせに、自分よりも頭ひとつ背が高い男なのだ。そのことに妙な苛立《いらだ》たしさをかき立てられる。藤春は視線を尖《とが》らせて、貴之を見た。

「そのように、恐ろしい顔」

くすくすと笑いながら、貴之は言った。

「なさっていると、鬼が来てしまいますよ？」

「……鬼？」

ばかなことを。そう笑い飛ばしたいところだったけれど、藤春は思わず固まってしまった。そんな彼に、貴之は一歩、歩み寄る。彼が手をあげたのでびくりとしたが、その手先はそっと、藤春の額に触れてきた。

「な、なに……？」

「師匠には、第三の眼がありますね」

貴之がいきなりそのようなことを言ったので、驚いた。目を丸くしている藤春の額を貴之は少し押して、すると微かな痛みが走って藤春はますます驚いた。

「物《もの》の怪《け》の気配を感じることが？　実際見たことが、あるのではないですか？」

「……なにを」

貴之の言葉を笑い飛ばそうとしたけれど、できなかった。彼の言葉を否定できなかったからだ。

「恐ろしいことを、言うな」

引き攣《つ》った笑いを浮かべながら、藤春は言った。

「誰が……そのような。物の怪など、見たことはない」

「本当に？」

しかし貴之は、藤春が嘘《うそ》をついていると気がついているようだ。なぜ、彼に知られたのか。額に置かれた手を、はねのけた。

「物の怪が近くにいると、頭が痛くなるのではないですか？　これまでに何度も、痛みに悩まされてきたのではないですか？」

「……たとえ、そうだとしても」

唸《うな》るように、藤春は言った。

「おまえに、関係があるのか？　私の頭痛を、治すことができるのか？」

「御意」

恭しく、貴之は言った。

「典薬寮に入ることができるようになれば、いずれは」

「おまえなど、ただの学生ではないか」

苛立った気持ちを抑えることなく、藤春は返した。

「私のことを、知っているような口を叩《たた》くな」

ははは、と貴之は笑った。その笑いかたが気に食わず、藤春はむっと眉《まゆ》をひそめる。すると貴之は、すっと笑みを引っ込めてしまった。

「そのようなお顔をなさると、せっかくのうつくしさが台なしになってしまいますよ」

「……ふざけたことを」

うつくしいと言われて嬉《うれ》しくないわけではないが、しかし貴之の言葉は女人に向けたものであるような気がして、素直に受け取ることができない。

「師匠のことは、私はよく知っています」

そのようなことを言って、貴之は藤春を惑わせるのだ。

「いつも、見ておりますから。頭痛を抱えてお悩みのことも……だからこそ私は、典薬寮を目指したのですから」

「どうして、そんな……」

そのようなことが信じられるわけがない。今までたいして話をしたこともない学生、その彼が、藤春ゆえに進路を決めたなんて。

「師匠のことが、気になるからですよ」

いけしゃあしゃあとそのようなことを言って、貴之は笑う。好意を持ってもらうのは教師として悪いことではないけれど、しかし貴之の言葉にはもっと別の、違う意味があるように感じられて、藤春は惑った。

「師匠のことは、ずっと気になっていた……大学寮に入った、十二歳のときから」

「そ、んな……昔から、か？」

驚いて問うと、貴之はにこりと笑う。その笑みは慕わしいもので、しかし素直に笑い返していいものか迷ってしまうのだ。

「ええ、昔から。童のころから、と言ってもいいでしょう」

やはりそのようなことを言う貴之を前に、どう対応していいものかわからない。迷う藤春の肩に手を置いて、貴之は唇を近づけてきて——。

「え？」

今、なにが起こった？　額に微かに感じた温かい、柔らかい感覚。

「では、また……」

そう言って彼は、きびすを返した。彼の後ろ姿が遠くなっていくのを、藤春は見るともなく見ていた。

ざざ、と風が吹く。紅葉が散り踊る。とっさにそれを袖で避《よ》け、風が治まったときには貴之の姿はもうなかった。それをなんとはなしにさびしく思いながら、真っ赤に染まった木々を再び見あげる。

新たに吹いた風は、冷たかった。秋の風情を味わっているうちに冬がやってくるのだということを肌で感じながら、なおも藤春は紅葉の景色を見あげていた。

第一章　文章博士の悩み

きんっ、と額に痛みが走って、藤春は眉をひそめた。

「師匠？」

そんな彼を不思議そうに見やったのは、最前列に並べられた文机《ふづくえ》に向かっていた学生だ。

なんでもない、と言ったものの、しかし突然の頭痛は容赦なく藤春を襲った。

（物の怪が……近くに）

藤春を襲ったのは「面倒だ」という思いだ。今まで何度も物の怪を見ているのだ、今さら恐ろしいという気持ちはない。それどころか藤春を煩わせる、うっとうしいものたちでしかない。

「師匠、陰陽師《おんみょうじ》を呼びましょう」

心配そうな顔をした学生が言った。突然の体調不良は物の怪の仕業——そう考えるのに不思議はないけれど、しかし藤春は、びくりと過剰に反応してしまった。

「師匠？」

「いや、懸念には及ばない」

額を押さえたまま、藤春は言った。しかし頭はずくずくと、やむ気配のない痛みを奏でている。

「しばらくすれば、治まる。今しばらく……」

「師匠」

立ちあがった者があった。藤春はちらりと視線をそちらにやり、それが貴之であることを認識する。

「いけません、そのお顔色は。相当に頭が痛まれているに違いありません」

そう言って貴之は、腕を伸ばした。気づけば藤春は彼の腕の中にいて、抱きあげられている。

「は、は、は、離せ！」

「そういうわけにはまいりません」

そう言って、貴之は藤春を抱えたまま歩き出す。

「ど、どこに行くつもりなんだ！」

「典薬寮です。医師も薬師も、そこにいます。なんとかしてもらえるでしょう」

「いやだ、離せ！」

藤春は声をあげたけれど、かえって頭痛が酷《ひど》くなるばかりである。大声を出したことで痛みが増した頭を押さえながら、藤春は呻《うめ》いた。

「放っておいてくれ……しばらくすれば、治る」

「ですが、これほどに痛そうな顔をしておいでなのは」

そう言いながら貴之は朱雀門《すざくもん》をくぐり——いくら早朝のこととはいえ、すれ違う者はたくさんいる。彼らの視線を受けるのがいやで、藤春は顔を伏せた。

朱雀門をくぐり抜け、豊楽院《ぶらくいん》を抜けると典薬寮はすぐそこだ。そこに辿《たど》りつくまで何人の目に晒《さら》されたのかと思うと、恥ずかしいことこのうえない。いつの間にか頭痛のことを忘れているくらいである。

「……っ！」

しかし典薬寮に近づくにつれ、頭の痛みはまた激しくなってきた。藤春は額に手をやって、ずくん、ずくん、と鼓動を打ちはじめた痛苦に耐える。

「もうすぐですから！」

藤春のほうが小柄だとはいえ、抱えているのは楽ではないはずだ。案の定、貴之の声は震えていて、このまま落とされでもしたらたまったものではない。

「……いい、から」

掠《かす》れた声で、藤春は呻いた。

「下ろしてくれ。揺れて……痛みが、酷く」

「あ、申し訳ありません！」

藤春の訴えに、今やっと気がついたらしい。貴之は歩みを止め、八省院《はっしょういん》に続く応天門《おうてんもん》の前でしゃがみ込んだ。

「ここに、私の……鍼《はり》の師匠を、連れてきましょう」

「鍼？」

貴之は、典薬寮でそのようなことを学んでいるのか。鍼で頭痛を取るなどうさんくさいと思ったけれど、陰陽師の祈りよりは効きそうだ。

「しかし……師匠なるかたのおみ足をお運びいただくわけにはいかない」

痛みをこらえながら、藤春は言った。

「大丈夫だ……この程度、耐えられる」

「ですが」

藤春の頭痛のもとになっている物の怪は、まだそばにいるのだろうか。それとも間もなくどこかへ行ってしまうのだろうか。

桜の木の下に、貴之は藤春を下ろした。彼の腕が微かに震えていることに気づき、やはり自分の懸念は正しかったのだと思った。

人の出入りの絶えない応天門だけれど、大きな桜の木に遮られて、藤春たちの座っている場所は静かだ。こうしてみると、御所とはまこと、大きな場所であることを実感する。

「静かですね」

「ああ」

「頭は？　まだ、痛みますか？」

「いや……だいぶ、ましになった」

それは事実だった。藤春を悩ませた物の怪がどこかに行ったのか、それともこのたびは単なる頭痛だったのだろうか。

「貴之」

藤春がそう言うと、彼は嬉しそうな顔をした。なんですか、と言いながら覗《のぞ》き込んでくる。

「おまえは、寮に戻れ。まだ講義は終わっていない」

「ですが、師匠がここにおいでなのに」

「私のことはいいから」

ええ、と貴之は不満げな声をあげた。そんな彼を、かわいらしく思わないでもなかったのだけれど。

「師匠を置いては、行けません」

「わからないことを言うな」

もっと貴之が、そばにいたいと言うのを見たかったのかもしれない。しかしそれでも、学生の勉学の邪魔をしてはいけない。欲求をこらえてそう言うと、貴之は首を振った。

「そういうわけにはまいりません。このような場所に、師匠をひとりで置いておくなんて」

「女人でもあるまいし、平気だ」

「ですが」

ふたりは小さな言い争いをして、そしてぷっと笑った。

「私が、一人前の鍼師だったら」

笑いに紛れて、しかしどこか真剣な口調で、貴之は言った。

「師匠の頭痛なんて、すぐに治すのに。師匠が……私を離せなくなるほどに」

「おい」

貴之の言葉に、藤春は笑った。

「私の専属の鍼師にでもなるつもりか？　そのような者を抱えておく余裕は、我が家にはないぞ？」

「いいのです、給金などいりません」

藤春の笑いとは裏腹に、貴之は真剣に言った。

「師匠のそばにいられれば、それで」

「貴之……？」

ふいに、目の前に影が差した。なにごとかと目を見開く。貴之の顔が近づいてきて、そして。

「師匠……」

貴之の手が、顎《あご》にかかる。そっと指を沿わされて、彼の顔が近づいてきて。

「……！」

ざざ、と風が吹く。赤く染まった桜の葉が、小さな竜巻に撒《ま》かれて散った。その中で藤春は、教え子の唇を受けていて。

「た、かゆ……、き……」

「師匠、好きです」

低い声で、貴之が言った。その意味が、わからなかった。

「ずっとずっと……今まで大学寮にいたのは、あなたがいたからだ」

「な、にを……?」

もう一度、そっとくちづけられて。そして貴之は立ちあがった。また小さな竜巻があがって、貴之の姿はその中に呑《の》まれてしまったかのように、跡形もなかった。

そのさまを、藤春は瞠目《どうもく》して見ていた。貴之がそこにいたということさえも信じられずに、ただ彼の唇の感覚だけが鮮やかで。

「佐須貴之……」

誰聞くとなく、藤春は彼の名を呟いていた。

□

その次の日から、貴之は大学寮に姿を見せなくなった。

頭が、痛い。

藤春は、どうしようもない頭痛に悩まされていた。

「まったく、こればかりは……」

呻いてみても、はじまらない。高欄《こうらん》にもたれかかって前栽を見ながら、藤春はなおも低い声をあげた。庭の桜は蕾《つぼみ》が膨らんで、そろそろ花開きそうだ。

しかし春の気配のする庭の光景も、藤春の痛みを癒《い》やしてはくれない。

「藤春さま、薬湯をお持ちいたしました」

そう言ってやってきたのは、女房の小百合《さゆり》だ。彼女の手には碗《わん》があって、ふわりと漂う香りに藤春の頭痛は、少しましになったように思う。

「ありがとう」

「いつものことですけれど、今回は長いですわね」

小百合が心配そうに言う。手渡された薬湯は苦かったけれど、このどうしようもない頭痛を晴らしてくれるのなら、多少の苦さなど我慢できると思う。

もっとも薬湯などで快癒する症状なら、これほど悩みはしないのだけれど。

「もう、三日も出仕できていないではありませんか。御所でも、藤春さまがおいでにならないと困るでしょうに」

「困るかどうかはわからないが」

小さく咳払《せきばら》いをしながら、藤春は言った。

「確かに、積み重ねている書巻はある。あれがどうなっているか、懸念されるな……」

「講義も、おやすみなわけですし」

なおも心配そうにそう言う小百合の前、藤春はうなずいた。

藤春は両親のひとり子だ。大学寮に入り文章博士となった息子を喜んでいる両親に、心配をかけたくはないのだが。

「こうも頭痛が続いては、講義どころではない」

「いったい、なにゆえなのでしょう」

女房とはいえ、女人をいつまでも端近に座らせておくわけにはいかない。藤春は立ちあがって御簾《みす》をくぐり、小百合はそれに倣った。

「よもや、物の怪の仕業、ということは……」

小百合の言葉に、ぎくりとする。しかしそのような胸のうちは隠し、なおも頭痛に悩まされている表情を――実際、悩まされているのだが――作りながら、藤春は言った。

「それは、私も考えた」

考えたもなにも、物の怪は藤春と遠い関係ではない。しかし女房にそのようなことを言って、怖がらせるにはあたらなかった。藤春は、慎重に言葉を続ける。

「しかし私には、心当たりがないのだ。これほど私を悩ませる物の怪なら、その姿を現してもよさそうなものなのに。その気配さえ、ない」

それは嘘ではなかった。藤春には物の怪が見える。しかしこのたびの頭痛を起こしている物の怪は、その姿を現すことさえしないのだ。

「陰陽師に見てもらえば、いかがでしょうか」

もっともなことを、小百合は言った。藤春は、眉根を寄せる。

「都で評判の陰陽師がおりますのよ。その者なら、藤春さまのお悩みを晴らすことができるのでは、と」

「陰陽師という者を、私は信じていない」

それどころか聞くだけで、頭痛が酷くなるような気がする。ずき、ずき、と響く振動を、額に手を置くことで押さえながら、藤春は言った。

「世には、確かに本物もいるのだろうが……幼いころ、父上が私を見せた陰陽師が呆《あき》れた者でな」

「まぁ」

「言うもいやな、酷い目に遭わされた。陰陽師の世話には、なりたくない」

「それは、お気の毒ですわ」

心底同情する、といった表情で、小百合は言った。

「でも今の藤春さまも、もっとお気の毒ですの。それほどに、お悩みになって……いっそ、鍼師にでもかかられては？」

「鍼師？」

小百合の言葉に、藤春はぴくりと眉を引き攣らせた。

鍼師。正八位の身分を持ち、主に貴人に、鍼治療を施す術士である。典薬寮に仕え『医《い》心方《しんぽう》』に通じ、同時にあらゆる学問にも精通している。身分は低いが、御所になくてはならない存在だ。

しかし。佐須貴之。鍼師、という言葉とともにあの学生の名が頭に響き、藤春はますます頭痛が酷くなったように感じた。

「藤春さま？」

「……いや、なんでもない」

その男の顔と声を、必死に追い払おうとした。しかしその姿は脳裏にくっきりと浮かんで、なおも藤春の頭痛を激しくした。

「鍼師も、いやだ」

「わからないことをおっしゃって」

まるで駄々を捏《こ》ねる童を前にするように、小百合がため息をついた。

「いやなものは、いやなんだ。きっとそのうち、よくなる……」

同時に、ずきっ、と痛みが走って、藤春は大きな呻き声をあげた。

佐須貴之。かつて藤春の教えた学生の中にその名があった。彼は確か、鍼師になったはずだ。それも過去に例のないほどに優秀な腕を持っていて、帝《みかど》に珍重されているはず——

小百合に促されて帳台に横になった藤春は、なおも頭痛を酷くする思い出に苦しめられていた。

（なんだったたんだ、あれは）

貴之の名が、頭の中で響く。がん、がん、という振動とともに彼の声が蘇《よみがえ》って、その衝動に藤春は寝返りを打ったけれど、貴之の声は消えてくれない。

（師匠《せんせい》、好きです）

たったそれだけの言葉が、藤春にどれだけの衝撃を与えたのか、貴之は知らないだろう。

そう言われたとき、藤春は大きく目を見開いた。なんと言われたのかわからなかった。

そんな藤春の背を抱いて、貴之はくちづけてきた。あのときの感覚は、いまだに忘れていない。あれは紅葉の舞う季節で、今はもう春も近いというのに。

（あれ以来、なにもない。文も、なにも）

好きだというのなら、通ってきてもいいだろう。文くらい寄越してもいいだろう。しかし貴之はそのようなことをしなかった。ただ唇を奪っただけで、藤春を動揺させて、それで終わりだったのだ。

(また、頭が)

ずきずきとする。しかしこのたびは物の怪のせいではなく、蘇った記憶のゆえだと、藤春は思った。額に手を置きながら、痛みが遠のいていくのを静かに待つ。

(あの、男のせいだ……こうやっている間でも、私を翻弄《ほんろう》して)

まだ記憶に新しいできごとが、藤春を苛《さいな》む。ますますの苦しみの中に、誘い込む。

□

藤春の頭痛は、治らなかった。

彼自身は拒否したのだけれど、両親や女房たちに『陰陽師か医師か』を迫られて、医師を選択した。小百合の言ったことが気にならないわけではなかったけれど、都には医師は多いし、両親が呼んだのが鍼師とは限らないし、まさか貴之がやってくることはないだろう。

「どうして、おまえなんだ……」

ため息とともに、藤春は言った。

「どうして、おまえが来るんだ」

「ですが、師匠の危機ですので」

なんでもないような顔をして、貴之はそう言った。帳台の中で横になったまま、藤春は目だけで彼を見やる。

「相変わらず、頭痛持ちでいらっしゃるのですね」

「……うるさい」

切れ長の目は、微かに青みがかっているように見える。通った鼻筋、笑みを浮かべた薄い唇。いたずらを企んでいる唐猫《からねこ》のような表情は、しかし誰がどう見てもうつくしいと評するだろう。どこまでも平凡な藤春の容姿とは、大違いだ。

「僭越《せんえつ》ながら、馳《は》せ参じました。私になにか、できることがあるかと思いまして」

いたずらめいた表情はそのままに、口調はどこまでも真面目《まじめ》にそう言う貴之を、藤春はじろりと睨《にら》みつけた。

「出ていってくれ」

冷ややかな声で、藤春は言った。

「おまえは、まだ典薬寮に入ったばかりの鍼師だろう？　いくら『医心方』に通じているとはいえ、そのような者に身を任せることはできない」

「そのようなこと、今さらのくせに」

ふいに、貴之が冷たいもの言いをしたので、驚いた。目を見開いて彼を見ると、目が合ったのを喜ぶように、彼はにやりと笑った。

「そんな顔を、なさって」

貴之は帳台の中に入ってきた。その無作法にどきりとするけれど、彼はそんな藤春の心など気にも留めていないというようだ。

「そのような顔をなさるから、くちづけしたくなるのですよ」

「く、っ……！」

藤春は思わず声をあげ、それを貴之は楽しそうに見た。

「あのときだって、あなたは抵抗なさらなかった。あなたは私の腕に身を委《ゆだ》ねて、目を閉じられた……」

「そのようなこと、していない！」

思わず声をあげ、そしてはっと口を噤《つぐ》む。貴之はなおもにやにやと笑っていて、そんな彼の表情に、石でも投げつけてやりたい衝動に駆られた。

「そ、それなら、なぜ！」

声をあげると、頭に響いた。こめかみを手で押さえながら、貴之をじろりと睨む。

「ふ、文……もなにも、寄越さなかったんだ？」

「文？」

思いもかけないことを聞いたとでもいうように、貴之は目を丸くした。その表情に、にわかに恥ずかしくなった藤春はそっぽを向く。

「文が、欲しかったのですか？」

「そ、そんなわけ、あるか」

口早にそう言って、藤春は寝返りを打った。貴之に背を向けて、しかしこれではますます、拗《す》ねてしまっているかのようだ。

「文が欲しいなら、さしあげますよ。いくつでも……毎日、何通でも。あなたの部屋が、私の文で埋まってしまうくらいに」

「そんなにはいらん！」

彼に背を向けたまま、藤春は叫んだ。どうしようもなく居心地悪く、恥ずかしい。

「それとも、通ってほしかった？　文と、毎晩の訪《おとな》いと……そんな、あたりまえの恋の手管を欲しがっていられたのなら、遠慮なさることはない。私はあなたに、応《こた》えたのに」

衣擦《きぬず》れの音がする。どきり、と胸が鳴った。貴之が近づいてきて、耳もとに唇を寄せる。

どき、どき、と胸はますます高鳴った。

「ここ……」

耳もとで、貴之がささやいた、

「鍼を、使います」

「はぁ？」

いきなりの言葉に、藤春は虚を突かれた。思わず彼を見ると、貴之は真面目な顔をして、じっと藤春の首もとを見ている。

「頭痛には、ここへの鍼治療が、一番よく効きます。師匠、鍼をされたことは？」

「な、い」

「ならば、鍼とはいっても懸念されることはございません。痛みはなく、あっという間に終わります。それどころか、心地いいと眠ってしまうかたもおられるほどです」

「鍼、がか」

「さようです」

そう言いながら、貴之は傍らの螺鈿《らでん》の箱に手を伸ばした。そこから現れた鍼は、女房たちが縫いものをする針よりもずっとずっと細くて、ともすればすぐに折れてしまいそうだ。

「なれど、暴れられてはなりません。おかしなところに鍼が刺さると痛いですし、危険ですからね」

「わ、わかった……」

思わず声が震える。そんな藤春に微笑みかけて、そして貴之は肩に手をかけてきた。

「ひ、ぁ！」

「ん？」

小さく、声をあげてしまった。肩に絡みついてきた貴之の指が、無性に色めいて感じられたのだ。

「どうなさいました？」

「な、なにも……」

しかしそれは、藤春の自意識過剰というものだろう。あのときのくちづけなど、思い出してしまったから。彼の体の厚み、その体温を、これほど近くに感じてしまったから。

「なんでもない、続けてくれ」

貴之の鍼の腕は、確かだったのだろう。彼の言うとおり、痛みはなかった。治療が進むにつれて頭痛は和らぎ、終わるころには自分が頭の痛みで悩んでいたことなど、忘れてしまっていたほどの腕前だった。これほどの腕を持つ者が、ついこの間まで学生だったとは信じられない。

「もう、痛くないでしょう？」

治療は終わりだと言った貴之は、得意げにそう言った。確かにそのとおりだったので否定することはできず、しかし素直に首肯するには悔しかったので、藤春はふんと、鼻を鳴らした。

「私が教えた学生なんだ、あたりまえだ」

「あはは、それはそうですね」

貴之は、藤春の言葉を軽く受け止めたらしい。螺鈿の箱に道具を片づけながら、小さく笑った。

「私は、なんでも師匠に教えてもらってばかりだ」

なにが言いたいのか、と問い詰めようとしたけれど、頭痛は治まったとはいえ、そうそうに頭が回転するものでもなかった。

「師匠は、いろんなことを私に教えてくれたから」

「……あ」

言って彼は、藤春のこめかみにくちづけてきた。ちゅっ、と音の立つかわいらしいくちづけは、しかし藤春を動揺させるのに充分だった。

「また来ますよ」

貴之の引き連れてきた小童《こわらわ》が、箱を取りあげる。貴之は立ちあがって、帳台を出た。小百合の声が聞こえる。

（あ、あ……いつ……！）

帳台の中、横になったまま藤春は歯を食いしばっていた。

（あいつ、なんてことを……！）

くちづけられたこめかみが、どくどくと脈を打っている。それに再びの頭痛が起こりそうだと思ったけれど、頭はもう痛くならなかった。しかし別のものが胸に宿って、それが藤春を苦しめたのだけれど。

第二章　五条橋《ごじょうはし》の物の怪

藤春が出仕したのは、春の陽射しが眩《まぶ》しいある日のことだった。

久しぶり、とからかう者がいる。もう大丈夫なのか、といたわってくる者がある。それらに対応しながら藤春は、久しぶりに入る自室の中で深呼吸をした。

(紙の、匂《にお》い)

鳥《とり》の子紙《こがみ》など高級なものは望めぬとも、それでも積み重ねられた紙の匂いは格別だ。こういうとき、自分は生きているということを実感するのだ。

(このようなこと……誰かに聞かれたら、だからおまえは書物の虫なのだと、からかわれるのだろうけれどもな)

それでもいい、と藤春は思う。御簾の手前の文机に置かれた紙や木管の束は、藤春の欠席の間に溜《た》まったものだ。その処理は面倒だろうと思いながらも、しかしそれにすらわくわくするのは、藤春を悩ませていた頭痛から解放されたからだ。

(……あいつの腕のおかげで、というのは癪《しゃく》に障るが)

しかし、もう会うこともあるまい。こちらの大学寮は大内裏の南、朱雀門を出た朱雀大路の東にあって、典薬寮からは遠い。用事がなければ、わざわざやってくるような場所ではない。

「ほぉ、これは……」

積み重ねられた書類には、藤春のもとにまで届かなかった文があった。どうして藤春の手もとにまで届けなかったのか――なにか、憚《はばか》りがあったのか。それは見事な女手による歌で、藤春はしばし、それに見とれた。

「師匠」

見とれていたから、気づかなかった。いきなり声をかけられて、藤春は飛びあがるほどに驚いてしまった。

「出仕できるほど、お元気になられたのですね。よかった」

「た、た、貴之！」

とっさに、そう呼んでしまった。本来なら名など呼ぶべきではない。しかし常の思考では彼をそう呼んでいたので――そしてとっさにその名が出るくらい、彼を意識してしまっていたので――貴之は、にやりと笑った。

「師匠にそう呼んでいただけるとは、光栄の極み」

「ふざけるな。なぜ、このようなところにいる」

「師匠を捜して、来たまでですよ」

涼しい顔をして貴之はそう言い、そしていきなり抱きついてくる。

「わ、わ、わわっ！」

突然のことに驚いて、藤春は女手の文を取り落としてしまった。なんと書いてあったのか――ひらかなの文字は読みにくいから――きちんと把握する前に、落としてしまった。

「な、な、なんだっ！」

「師匠が元気になって、嬉しいです」

しっぽを振る子犬のように、貴之は言った。

「これは、私の力もあったと考えて、いいんですか？」

「勝手なことを」

ふん、とばかにしたような態度を装って、藤春は言った。

「私のおこないがよいからに、決まっているだろう？　おまえの力など、虫に刺されたくらいもない」

「鍼だけに、ね」

なにがおかしいのか、そう言って貴之は笑った。むっとして、藤春は彼を睨みつける。

藤春の視線を、笑みで受け止めていた貴之は、ふいと表情を引き締めた。そして藤春に抱きつく腕を強くする。

「は、なれろ!」

藤春は叫んだ。

「誰か来たら、どうする……」

「師匠、見えるんでしょう?」

ふいに貴之がそのようなことを言ったので、藤春は「はぁ?」と、妙な声で答えてしまった。

「見えるんでしょう、物の怪」

「な、に……!」

思わず声が、ひっくり返ってしまう。藤春は貴之の目を見ようとした、が、ぎゅっと隙《すき》なく抱きしめられていて、それは叶《かな》わなかった。

「見えるんでしょう? 師匠の頭痛も、物の怪ゆえですよね?」

「どう、して……、そんな」

そのようなこと。藤春の震える声に、貴之は笑った。

「第三の眼、と言っていたな? なぜ、そのようなことを知っている?」

「わかりますよ。なんたって師匠のこと、体の隅々まで……私は、知っていますから」

「外聞の悪いことを言うな！」

藤春は声をあげた。しかし貴之の腕は、ほどけそうにない。

「ちょっと、額だか首だかを触っただけじゃないか。それで私の、なにがわかるっていうんだ」

「わかりますよ。すべて、ね」

意味ありげに言って、そして貴之は唇を、藤春のこめかみに押しつけてきた。

「だから、やめろって！　いい加減にしろ！」

「師匠のこと、好きですからね」

やはり、ぶんぶんと振られるしっぽが見えるような気がする。困惑して、藤春は言った。

「おまえ……こういう性質だったか？」

「私は、ずっとこういう性格ですよ？」

なにを言うのか、というように、貴之は言った。

「師匠に、ずっとこうしたかった。撫《な》でられて、甘えたいんです」

「かわいらしい女人にならともかく」

貴之を追い払おうとしながら、藤春は声をあげた。

「男にこんなことされても、嬉しくない！　いいから、離せ！」

「私のこと、意識しているくせに」

貴之のささやきに、どきりとした。藤春は一瞬凍りつき、そんな彼に貴之はますます抱きついてきた。

「もう一度……くちづけされたいって、思っているくせに」

「だ、れが……そんな！」

藤春は思わず大声をあげる。

「なんだ、くちづけって。そのようなこと、私は知らない」

「そのように言うんだったら、もう一度してもいいけれど」

貴之の言葉に、ぎょっとした。これ以上彼に、もてあそばれては敵《かな》わない。彼の腕から逃れようとしたけれど、抱擁は思いのほか強かった。

「それよりも、もっと大切なことがあるでしょう？」

「おまえは、この私の体質を……完全に、封じる方法を知っていると？」

「ご明察」

にやり、と笑って貴之は言った。

「まぁ、完全に、とはいきませんが。同様に、よほどに強い念を持った物の怪……都の皆が目撃するような物の怪の前には、効果はないかもしれませんが」

秘密を打ち明けるように、貴之は続ける。

「私の言うとおりにしてくださったら、今までのような頭痛はなくなることと存じます」

「本当か……？」

疑う藤春の耳に、貴之のささやく声が入ってくる。

「師匠」

藤春の耳もとで、貴之は小さな声を立てる。

「一緒に、行ってほしいところがあるのですよ」

「おかしなところじゃないだろうな」

警戒心を隠しもせずに藤春がそう言うと、貴之は笑った。

「師匠の想像しているようなところじゃないですよ」

「私が、なにを想像してるって？」

貴之は、ますます楽しげに笑う。そんな彼の表情が憎らしくて、頬《ほお》に手をやると思いきり抓《つね》ってやった。

「いて、てててて」

「よけいなことを言うからだ」

それでも、抱きしめられて異様に距離が近い、この状況に変わりはない。不機嫌に、藤春は言った。

「いいから、離せ。離しても、話はできるだろう？」

「ところが、大きな声ではできない話なのです」

身じろぎして逃げようとしている藤春を追いかけるように、貴之は腕の力を強めた。

「師匠にしか、聞かせられない話」

「だから、なんなんだ」

こうも焦《じ》らされると、自分には関係ないはずのその話とやらに、興味が湧《わ》いてしまう。それが貴之の狙《ねら》いなのだとしたら、たいしたものだ。

「物の怪に、関係あるのか」

「さすが、師匠」

にやり、と笑って貴之は言った。そして小声になったものだから、藤春は彼の口もとに耳を近づけなくてはいけない羽目になった。

「出るんです、物の怪が」

「……どこに」

「五条橋の、たもと。たそかれどきに、桜が開くようになってから」

その言葉に、ぞくっとした。すかさず、そんな藤春の表情を見逃さなかった貴之がにやりと笑う。

「恐ろしい話でしょう？」

「物の怪なんて」

藤春は、鼻で笑おうとした。

「どこにでもいる。今さら、驚くことではない」

「やっぱり師匠、見えるのですね」

にやり、と貴之が笑う。失言だったと藤春は唇を噛《か》み、その上にそっと、貴之の舌が這《は》った。

「や、や、や、やめろっ！」

思わず、渾身《こんしん》の力で彼を振りほどいてしまう。いったんは腕を離した貴之だったけれど、しかし再び、手をまわしてくる。

「だから、どうして抱きつく必要が……！」

「内緒の話、なんですってば」

藤春を宥《なだ》めるように、貴之はささやいた。

「ことと次第によっては、今上の治政にも影響するような……」

「なに？」

貴之の戯れだと思っていたのに、とんでもないことを聞かされてぎょっとした。まじまじと貴之を見ると、彼はにわかに真剣な顔をして、うなずいた。

「まずは、噂《うわさ》です」

なおも藤春を抱きしめたまま、貴之は言った。

「その物の怪は女で、かつて帝の妃だったといいます」

「帝の……？」

藤春は、さっと思考を巡らせた。弘徽殿女御《こきでんのにょうご》、麗景殿女御《れいけいでんのにょうご》、梨壺女御《なしつぼのにょうご》。梅壺更衣《うめつぼのこうい》に雷鳴壺更衣《かんなりつぼのこうい》。妃と呼ばれる身分の者たちは以上、いずれも藤春の知るかぎり、元気にぴんぴんとしている。

「いや、生霊、か……？」

「しかしいずれも、生霊になって橋のたもとに出る、などという気概のあるかたがたではない。いずれも、よくも悪くも深窓の姫ぎみ……御簾から出ようものなら、気絶してしまいかねないお人ばかりです」

「しかし麗景殿女御は、その皇子を春宮《とうぐう》にとあげられている」

ゆっくりと、藤春は言った。

「ほかの女御や更衣がたが嫉妬《しっと》して、その恨みのあまり、ということはあり得る」

「それを言えば、御殿は鬼夜叉《おにやしゃ》の住む場所と言ってもいい」

至極真面目な口調でそう言われて、藤春はどきりとする。そんな心の臓の鼓動さえ伝わってしまいそうに密着している状態で、貴之は続けた。

「どこに物の怪がいるか、鬼がいるか。確かにそういう意味では珍しい話ではない。ですが」

そこまで言って、貴之は言葉を切った。

「ことが噂になるほどだとなれば、黙ってはいられない。帝の能力に疑いがかかるようになれば、御所での争いにもつながりますから」

「それは……いかにもまずいが」

藤春は、眉根を寄せた。

「それこそ、今上の御代に傷をつけかねない。権力争いなどということになれば、まこと……戦にでもつながらないとは言えないからな」

実際にそうなったときのことを想像して、藤春はぞくりとした。戦、など。太刀《たち》や弓に触れたことはあるけれど、自分たちがそれらを振りまわすことなど想像もできない。血が飛んで、人が死ぬなど考えたくもない。

「そういうことなら、協力しないではない……けれど」

「ん?」

なおも貴之の腕から逃れようと、藤春はじたばたとした。しかししっかり抱きすくめられている状況からは、逃げられない。

「お、まえ……!」

にやり、と笑う貴之と、短い攻防をした。しかし勝ったのは貴之で、結局藤春は彼の腕の中に収まったままだ。

「それにしても」

話の最初から謎《なぞ》だったことを、藤春は口にした。

「しかしなぜ、今上の危機に動くのが、おまえなのだ?」

「おかしいですか?」

「おかしい。おまえは、一介の鍼師だろう? 戦になれば、腕を生かす場所がなくなると懸念しているのか? それとも……」

藤春の言葉を、貴之は塞《ふさ》いだ。藤春の唇を覆ったのは貴之のそれで、いきなりくちづけられて藤春は目を白黒させた。

「ん、っ……っ!」

唇は、重なるだけでは終わらなかった。ちゅく、と吸いあげられ、挿《はい》り込んできた舌で舐《な》められて、反射的に唇を開くと、歯まで舐めあげられた。

「た、た、貴之！」

くちづけを遠のけて、そして意味ありげに笑って、貴之は言った。

「好奇心ですよ」

□

藤春が、貴之の寄越した迎えの車に乗って、五条の橋に向かったのは子《ね》の刻を越えてからだった。

このような時間には牛飼童《うしかいわらわ》の持つ松明《たいまつ》の明かりしかなく、ところどころから虫の音が聞こえる以外もの音もしないというのはいかにも恐ろしかったけれど、しかし出かけないわけにはいかなかった。

ぎし、ぎし、と鳴る牛車《ぎっしゃ》に揺られること、半刻ほど。車は停まり、御簾があげられる。

藤春はすばやく牛車から降りた。

「貴之」

小さな声で呼びかけても、返事がない。あたりはしんと静まりかえっていて、虫の音さえ聞こえてこなくなった。

(虫までが、物の怪を恐れているわけではあるまい)

そのようなこと、あたりまえだと思うのに。しかしいったんそのような考えに至ると、本当なのではないかと思ってしまう。虫さえも恐れる物の怪、それはどれほどに恐ろしいものなのか――。

「師匠」

「わ、あ、あっ!」

いきなり背後から声が聞こえて、驚いた。慌てて振り返ると、そこには貴之がいた。草笛を手に持ち、なんとも呑気《のんき》な狩衣《かりぎぬ》姿だ。

「な、な、なにをしているんだ!」

「師匠を待っていたんですよ」

こともなげに、貴之は言う。彼はぽいと草笛を捨てて、藤春の横に立った。

「いい夜ですね」

「私は、夜を味わいに来たのではない」

それに、とてもいい夜だとは思えなかった。空は、真っ暗闇《くらやみ》に塗り潰《つぶ》されている。月の光さえも薄いのは、よほどに雲が厚いのだろう。空気はなんとはなしにむっとしていて、春の宵にはふさわしくない。決して、男ふたりで楽しみたい夜ではなかった。

「こういう夜を、物の怪は好むのですよ」

にやり、と貴之は笑う。

「生温《なまぬる》い空気、どんよりした空……いかにも、出そうではありませんか」

「さっさと終わらせて、帰るに限る」

夜のおぞましさに、吐き捨てるように藤春は言った。

「このようなところ……長居したくない」

「ですが師匠には、大任があるではありませんか」

裏腹にどこか楽しむように、貴之は言った。

「物の怪祓《ばら》い……都の平穏を乱すものを、消滅させなくてはなりません」

「しかし私は、陰陽師ではない」

貴之が妙な圧力をかけてくるものだから、それから逃れようと藤春は言った。

「物の怪祓いなど、仕事でもなければ、能力もない。おまえがしつこく言うから、来てやっただけだ」

「師匠、冷たいですね」

しきりに不平を言う貴之の相手はせず、藤春は橋のたもとを覗き込んだ。しかしこの闇夜、なにが見えるわけでもない。仮に物の怪がいたとしても、藤春に見ることなど叶わない——。

「う、ぁ……、っ……！」

「師匠？」

とっさに藤春は、その場にしゃがみ込んだ。頭に手をやる。ずきん、ずきん、と痛む頭の、鼓動までが手のひらに伝わってくる。

「あ、う……っ、……っ」

「師匠!?」

「あ、たま……が」

はぁ、はぁ、としきりに呼吸をした。川岸の草の中に膝《ひざ》をついた恰好《かっこう》だけれど、身動きもできない。ただ呼吸をするのが精いっぱいで、体中が細かくわななく。

「いた……、っ……」

藤春の頭痛、ということは——物の怪。目で見てもなんとも思わなかったのに、藤春の体は如実に物の怪の存在を感じている。貴之が、懐に手をやった。なにか、きらりと光るものを取り出した。彼はすばやく藤春のこめかみに手をやって、すると脈打つような頭痛が、少しずつ治まっていく。

「は、ぁ……、ぁ、あ……、あ」

「効きましたか」

貴之の声も、はっきりと聞こえる。あれほどの頭痛がすぐに治ってしまうのは不思議だったけれど、とりあえずは、助けてもらった礼を言わねばなるまい。

「あ、ありが……」

「来た」

ぞくり、と貴之が身を震わせる。彼が目をやっているほうを見やり、藤春はぞっと身を震わせた。

「……物の怪」

そこには、白い影があった。長い髪と、裳唐衣《もからぎぬ》――女だ。それが確かに物の怪だとわかるのは、丸文様の唐衣をまとった体が透けて見えるからだ。

「お、まえ」

掠れた声で、藤春は言った。

「物の怪……見えないのではないのか」

「見えませんよ」

ここから物の怪の立っている橋のたもとまで、二間ほどある。物の怪は、藤春たちに気がついているのか否か、じっと立ち尽くしたまま、動かない。

「見えませんが、師匠の反応でわかります。あそこに、物の怪がいる。長い髪と、裳唐衣」

「ああ、女人だ」

藤春は立ちあがった。物の怪の気配とともにいつも感じていた頭痛は、貴之のおかげで治まっている。そしてあれが、今上の治政を乱す物の怪なのだと聞かされれば、放っておくわけにもいかない。

「行くぞ」

「え、師匠……」

恐ろしくないといえば、嘘になる。しかしここでこうやって巡り会ったのも、なにかの縁——物の怪との縁など、ごめんこうむりたいが——そう思って歩みを進めた藤春は、物の怪がこちらを向くのに気がついた。

「そなた……」

耳の中に絡みついてくるような、ぞくりとする声だった。藤春は小さく震え、しかしここで後戻りはできないと、なおも物の怪に近づく。

「……、そなた……」

「身分あるかたと、お見受けする」

無気味さをこらえて、藤春は言った。物の怪は目を閉じ、袖で目もとをそっと拭《ぬぐ》った。

その仕草も、まとっている唐衣の豪華さも。藤春の感じたとおり、並々な身分の者とは思えなかった。

「そのような、やんごとなきかたが……なぜ、そのようなお姿で？」

「……わかみ」

物の怪は、そう言った。しかし声がはっきりと聞こえず、藤春は「はい？」と問い返した。

「わかみ……、あき」

「秋？」

藤春は思わず、あたりを見た。青々とした芒《すすき》が、風に揺れている。今日は物の怪が出る日らしく生暖かいけれど、本来なら春の空気が満ちているはずなのだ。

「秋が、どうなさったのですか。なにがおっしゃりたいのですか」

しきりに藤春は、物の怪の言葉を引き出そうとする。しかしこの女人は、饒舌《じょうぜつ》な性質《たち》ではないらしい。何度も「秋」と繰り返した。その言葉に、なにか意味があるのか。

「わか身ひとつの秋にはあらねど」

「……え？」

聞き取った言葉を、藤春は繰り返した。

『月みれば　ちぢにものこそ悲しけれ　わか身ひとつの秋にはあらねど』。本歌として取り入れられることも多い、大江千里《おおえのちさと》卿による、知らぬ者のない有名な歌だ。

「その歌が……どうなさったと」

ふいに、物の怪は顔をあげた。色は白く、目鼻は小さく、うつくしい女人だった。生きていればさぞかし、と思われるのに、しかし残念ながら、彼女は物の怪でしかあり得なかった。

物の怪は「わか身ひとつの秋にはあらねど」と繰り返した。同時にその姿が、少しずつ薄くなっていく。

「……っ、……！」

藤春は、呻いた。貴之に治してもらったはずの頭痛が、再燃している。思わずその場に膝をつく。

「師匠！」

貴之の大きな声を嫌うかのように、物の怪はぶるりと震えた。そしてその長い黒髪をな

びかせながら、闇の中へと消えていく。

「……は」

そしてその場には、なんの気配もなくなった。ふつり、と藤春の頭痛も消えて、思わず大きな息をついてしまう。

「師匠、なにがありました？」

「おまえ、聞こえていなかったのか？」

「師匠の声は聞こえましたけど、物の怪の……ことは」

「そうか」

息をついて、藤春は立ちあがる。頭痛だけではなく、物の怪と対峙《たいじ》するだけでもたいそうな体力、そして気力を要した。歩くことなどできないと思ったけれど、貴之が肩を貸してくれた。

「なにがあったか、伺いたい」

いつになく、真剣な表情で貴之が言った。

「私の屋敷にまいりましょう。あそこなら、聞く者はない」

「おまえの、屋敷……？」

「堀川小路《ほりかわこうじ》にあるんです」

藤春は貴之に支えられて、彼の乗ってきた車に席を取った。藤春の様子から目を離せないとでもいうような貴之を正面に、自分の乗ってきた無人の牛車の音がついてくるのを聞く。

（貴之……？）

車の中で、あれこれと訊かれると思ったのに。しかし貴之は、ただじっと藤春を見ているだけで、なにも問うてはこない。

「師匠」

彼が、あの物の怪のことについて口を開いたのは、こぢんまりとした堀川小路の屋敷に着いてからだ。この距離ならさぞ東市《ひがしのいち》の喧噪《けんそう》が聞こえてくるだろうに、しかしこの時間、鳴いているのは虫くらいだ。

「どのような、女人でしたか？」

「……あ」

藤春は、思わず言葉に詰まった。口に手を当て、しばらく考え込むうちに、清水を満たした碗を運んできた小童が姿を現した。

「歳《とし》のころは……そうだな。二十三、四といったところ。麗しい黒髪をしておいでだった」

「着ているものは？」

「丸模様の、茜《あかね》色の袿《うちき》だった。襲《かさね》の色目といい、生地の重みといい……疎《おろそ》かにしていい身分のかただとは思えない」

ふむ、と貴之は顎に手をやった。

「その女人は、なにかおっしゃいましたか？」

「それが」

それこそが、あの物の怪の不可解なところだ。藤春は、貴之に『わか身ひとつの秋にはあらねど』の歌のことを伝えた。すると貴之の表情は、たちまちに歪《ゆが》む。

「そのような歌を？」

「他人の歌に仮借している、というのもおかしい」

藤春が言うと、貴之もうなずいた。

「そう、やんごとなき身分のかたなら、ご自身の歌を詠まれるはずだ。それが、他人の……しかも、それほどに高名な歌を、とは」

「そこにも、なにか意味があると思うのか？」

「あくまでも、推測ですが」

言葉を選ぶように、貴之は言った。

「あの物の怪が、死んだ理由……それは自分の所以《ゆえん》ではない、他人の所以である、ということを言いたいのではないか、と」

「なにゆえに……？」

ぞくり、と藤春は震えた。しかし貴之は、特に恐怖は感じていないようだ。

「あの物の怪の特徴を、もっと教えてください」

せっつくように言う貴之に、髪や衣、そして顔のことを藤春は話した。

「それは、雷鳴壺更衣ではないかと」

「雷鳴壺の？」

思わず藤春は、声をあげた。自分の声が思いのほか響いて、思わず口もとに手をやる。

「しかし、雷鳴壺更衣は、お元気でいられるではないか」

「影武者ですよ」

声をひそめて、貴之は言った。

「内裏での死は、許されない。不治の病に罹《かか》れば、女御、中宮でも内裏から出される。まして や更衣……その死は、あってはならないのです」

「なにを……」

貴之がなにを言いたいのか、なにを言おうとしているのか、わかるような気がした。しかしそれは内裏の、あまりにも大きな秘密だ。そのようなところへ、一介の文章博士が入り込んでいいものか。そして入り込んで、命確かに戻ることができるのか。

「つまり、それは」

「本物の雷鳴壺更衣は、死んでおられる。春まだきの、寒い日。お庭の池に浮かんでいるのを、雑色《ぞうしき》が発見しました」

藤春の眉が、これ以上はないくらいにひそめられた。

「更衣のご遺体は、五条の橋のたもとに捨てられ、改めて発見されたふうを装った。内裏ではない、五条の橋のたもとで死んだということにするために」

「それが……他殺、だと？」

「わかりません」

力なく、貴之は首を振った。

「首に絞めた痕《あと》でもあれば、はっきりするのでしょうがね。しかしいくら春とはいえ、袿を重ねている女人が、池になど落とされては一巻の終わり。これが男なら、まだ命は助かったかもしれませんが」

「し、かし！」

藤春は、声をうわずらせた。

「ということは……仮に、他殺とするとなるは、誰かが雷鳴壺更衣の死を望んでいたということ。しかし雷鳴殿更衣はお子もなく、ときめいた更衣でもない。そのようなおかたの死を、誰が望むというのか」

「後宮は、鬼の住まいですからね」

恐ろしいことを、貴之はなんでもないように言った。

「誰が誰を、恨んでいるか知れない。帝の寵愛《ちょうあい》を嫉《ねた》んでのことかも知れない、子を宿したからかも知れない……」

藤春は、首を捻《ひね》った。

「雷鳴壺更衣が？」

「雷鳴壺更衣がお子を宿されたなど、聞いたことはなかったが。いったい、いつの間に？」

「そりゃあ、密《ひそ》かに孕《はら》むことはできますよ」

どこか、単純な藤春を笑うように、貴之は言った。

「なにしろ女人は、あの装いですからね。しかも御殿の、奥の奥。そこでなにがあっても、我々などの知ることではない」

「なにが言いたいんだ？」

いささか苛立って、藤春は足を踏み鳴らす。

「さっきから、遠巻きにしかものを言っていないな。私に推測しろと？　私が思い悩むのを、楽しんでいるのか」

「そういうつもりではありません」

慌てたように貴之が言った。藤春は目をすがめて、彼を睨む。

「違うのですが……そうですね、私自身も、断定はしかねているのです」

「それはそうだろう」

藤春は、うなずきながら言った。

「雷鳴壺更衣の死、そして五条の橋の物の怪。仮にこれらがつながっていたとしても、それだけでなにがわかるでもない」

「そこで、あの歌ですよ」

「あれか？　『わか身ひとつの秋にはあらねど』か？」

「そうです」

ふたりはしばらく、黙り込んだ。小童が、碗の清水を取り替えた。屋外から吹き込んでくる風は、少しばかりからりとしていて、橋のたもとでの淀《よど》んだ空気の記憶を塗り替えてくれた。

「……なぁ、貴之」

やや流れた沈黙ののち、藤春は言った。

「どうして、おまえはこのことに詳しいんだ？　どうして、首を突っ込むんだ？」

藤春の問いに、貴之は面白いことを聞いたというように、眉根をあげた。

「言ったでしょう？　好奇心ですよ。それに、鍼師としてあちこち出入りしていれば、おのずと情報通になれる」

「好奇心だけで、このような危ないことに首を突っ込むのか！」

思わず、藤春は声をあげた。そんな彼を、貴之が楽しそうに見ている。

「どうせ私なんて、生きていても死んでも、同じ。ただの鍼師ですよ」

ふいに力を失った調子で、貴之が言った。彼のそのような一面は想像したことがなく、藤春は驚いて、目をしばたたかせる。

「でも、せっかく生まれてきたんだ。ひとつくらい、なにか大きなことをしたい。そう願うのは、おかしいですか？」

「おかしくはない、が」

戸惑いながら、藤春は言った。

「しかしこのようなことで命を落としては……甲斐《かい》もないだろう？　自分には関係のない

ことなのに、どうしてそこまで」

　そう言って、藤春は言葉を切った。

「それに、大きなことと言うが、更衣の死の真相が明らかになって、罪人《つみびと》が罰せられて……そこにおまえの益はあるのか？　それどころか内裏の秘密を知る者として、ともに処刑されてしまうぞ」

「それでも、内裏の秘密は暴く価値がある」

　まるで獣を狩る獰猛《どうもう》な動物のような顔をして、貴之は言った。その表情に、藤春はぞくりとする。

「名など、遺らなくていいのです。ただ、大きなことをしたい……世の中をあっと言わせるようなね。そのさまを見られるのなら、死んでもいい」

「大袈裟《おおげさ》だなぁ」

　肩をすくめて、藤春は言った。

「そう簡単に、死だの、なんだの……口に出すものではない」

　かつての師弟に戻ったような気がして、藤春は師匠らしい口調でそう言った。

「生きとし生けるもの、いつかは死ぬ……けれど、ご両親からもらった命を、そう易々《やすやす》と投げ出すものではないよ」

「投げ出しているつもりはありませんが」

貴之は、額に手を置いた。すると顔に影が落ち、その表情が妙に艶《なま》めかしく目に映った。

（な、に……）

藤春は思わず、首を振る。艶めかしい、なんて。教え子に抱《いだ》く感情ではない。

「それに私には、心残りがありますから」

「……なんだ？」

少しだけほっとして、藤春はそう言った。

「心残り？」

「そう。やり残したことがある」

それはなんだ。そう問おうとしたのに、藤春の唇は柔らかいものに塞がれていた。

「ん、っ……？」

「師匠……」

この唇の感覚を味わうのは、はじめてではない。もう何年も昔に知っている味で、しかもそれから忘れられなかった。彼の名とともに、胸のうちに刻まれていた。

舌が忍び込んでくる。唇を舐められ、思わず開くと、中に舌が挿ってきた。

「ん、ぁ……、っ……っ」

濡《ぬ》れた部分を舐められる。ちゅく、ちゅくと音があがって、それにたまらない思いを刺激された。

「や、ぁ……、っ、……」

「もっと、口開けて」

掠れた声で、命令される。それに促されるように藤春は唇を開き、するとじゅくりと舌が挿ってきて、それに大きく震えた。

貴之の手が、藤春の後頭部にすべる。結いあげた髪をぎゅっと摑《つか》まれて、烏帽子がことりと落ちる。その音に、たまらない羞恥《しゅうち》を煽《あお》られた。

「あ、や……、っ……っ……」

そのまま、くちづけが深くなる。嚙みつくような接吻《せっぷん》だ。貴之がまるで獰猛な動物に変身してしまったかのような、自分の知らないところで相手が変わってしまったかのような。

「んぁ、あ……あ、あ……、っ」

貴之の強い手が、藤春を抱き寄せる。彼の広い胸に抱き込まれて、体格の違いを思い知らされた。そのことに、また新たな感覚を覚えさせられる。

「やめ、や……、っめ……、っ」

そう叫んでも、くちづけのせいで満足な言葉にはならない。体は強く抱きすくめられて、身動きさえもできないことに恐怖を感じる。

「好きだ……」

呻くように、貴之が言った。

「好きだ、師匠」

「っ、う……んぁ……っ」

答えたくても、答えられない。藤春の咽喉《のど》はただ喘《あえ》ぎをこぼすだけで、まともな答えを返せない。

(私、は……私は……！)

そのまま、畳の上に押し倒された。思いのほか柔らかい感覚に驚いたけれど、それ以上の感覚は情熱的なくちづけに流されてしまう。

「や、ぁ……、あ、あ……なぁ……、あ」

ん？　と、藤春の歯を舐めあげる貴之が藤春に応えた。しかし唇はほどかず、音を立てて吸いあげる。藤春を羞恥に陥れる。

「や、め……なぁ、やめ……っ」

「やめない」

まるで駄々っ子のように、彼は言った。

「待っていたんだ……この、機会、を」

彼の舌は藤春の歯をすべって、それにぞくぞくする感覚が生まれる。呼び起こされる情感は、きっと知ってはいけないもので——だからこそ身に沁《し》み込んでくる。深い部分にまで、挿り込んでくる。

「離さない……」

「い、たっ！」

かりっ、と微かな痛みが走った。それは貴之の歯で、柔らかい藤春の唇を咬《か》んだのであり、じわじわと淡い血の味が広がっていく。

「な、にす……、る……」

「師匠の味、味わってみたい」

そのようなことを言って、貴之は傷痕を舐《な》めた。傷口に唾液《だえき》が沁みて、それが自分の唾液ではないことに嫌悪感と、奇妙な充足感があった。

「師匠、だって。厭《いや》がってないくせに」

「いや、だ……！」

掠れた声で、藤春は叫ぶ。それは満足に声にはなっていなかったけれど。

「あ、あ……や、め……っ……」

藤春は、大きく体を仰《の》け反らせた。ふたりの体が重なっている。触れるのは、下肢の熱い塊で――自分のそれも同じような状態になっているのかもしれないと思うと、恐怖が浮かんだ。

「も、れ……い、じょ……、っ」

藤春は身悶《みもだ》える。懸命に貴之の体を押し返そうとしたけれど、彼の重みは藤春の腕では敵わず、かえって彼を受け入れることになってしまう。

「ひぁ……、ああ、あ……、っ！」

くちづけはそのまま、衣の上から手をすべらされた。彼の手は熱くなった藤春自身に触れてきて、その感覚にびくりと震えた。

「やぁ、あ……、だめ、だ……め」

「だめじゃないくせに」

唇越しに、貴之がくすくすと笑う。しかしその笑いにはどこか焦燥した色が混ざっていて、藤春をぞくぞくとさせる。このまま、どこか知らない世界に連れていかれる感覚を味わわせる。

「ここ、も……こんなに、して。もう、勃《た》っているくせに？」

「ちが……、ちが、う……！」

藤春は首を振った。ちゅく、と音がしてくちづけがほどける。驚くほど近くに、貴之の顔がある。

彼の頬は上気していて、呼気が荒く掠れている。そのさまに、奇妙な昂奮《こうふん》を煽られた。貴之を見つめる自分の目も、彼のそれと同じような色をしているのだろうか。上気した、発情した色を見せているのだろうか。

「違う……、わた、し……、は……」

「違わない」

いつもよりも男くさく響く声で、貴之は言った。彼の手が、藤春の腰をすべる。袴《はかま》の紐《ひも》をほどかれた。しゅるり、という音とともに、下半身が急に頼りなくなった。

「早く、見せて」

性急に、貴之は言った。

「早く……師匠の、見たい」

「な、にを……、っ」

手早く、なにもかもを脱がされる。苛立たしいといった手つきで首上《くびがみ》さえほどかれて、藤春の体は衣を辛うじて引っかけているだけの、ほとんど裸の恰好にされてしまった。

「ふふ」

獰猛な肉食獣――貴之の目が、光っている。その色にぞくりとし、しかし同時に、その瞳《ひとみ》に食い殺されてしまってもいいと感じたのはなぜなのか――視線が、離せなかった。

「師匠、いい恰好」

「言う、な……！」

口では抵抗しながらも、藤春の心の臓はどくどくと脈打っている。期待に震えている。そのような藤春の反応を知ってか、貴之の目はますますぎらぎらと光る。

「もっと、見せてください」

藤春の上にのしかかりながら、貴之は目を細めて言った。

「もっと……深いところまで。もっと、もっと……師匠、を」

浮かされたかのように、貴之は呟く。彼はその牙《きば》を光らせて、藤春の咽喉もとに食いついた。

「ひ、っ……！」

唇よりも、深い傷をつけられた。その痕を舐められる。ちゅく、ちゅくという音が、藤春の体を熱くしていく。

「師匠、色白い」

笑いながら、貴之は藤春の体に痕をつけていく。抵抗してもくちづけは離れず――どころか、きちりと響く愛咬《あいこう》を刻まれた。

「これ、全部……私のものなんだな」

「なに、を言って……！」

嘲笑《あざわら》おうとしたけれど、声は形にならなかった。藤春の咽喉は嗄《か》れて、上手く言葉を綴《つづ》ることができない。そしてやはり、人の言葉を忘れてしまったような貴之は、舌を大きく出して、藤春の肌をなぞりはじめた。

「や、……っ、……っ……」

それはくすぐったくもあり、同時に今まで知らなかった性感を刺激する行為でもあった。未知の感覚に、藤春は震える、そんな彼を宥めるように、それでいて追いつめて、貴之は唇をすべらせた。

「いぁ……ああ、あ……、あ！」

「ここ、感じる？」

貴之がくちづけたのは、藤春の乳首だ。表に晒すことのない部分は少し触れられただけで薄赤く腫《は》れ、もじもじとくすぐったいような、痒《かゆ》いような感覚を連れてくる。

「赤くなって……かわいい」

「や、ぁ……、ああ……あ」

唇を尖らせて乳首を吸い、舌で捏ねまわし、軽く歯を立てて。ひっ、と藤春が声をあげるとすぐに離す。それを繰り返す。

「やめ、っ……、こ、んな……こと」

「だって、師匠の反応が」

くすくす、くすくす、と貴之は笑う。もうひとつの乳首には指が這い、抓《つま》む。きゅっと捻られると、体の中心を走る衝動があった。

「あ、あ……ああ、あっ！」

「ほら、こうやって……魚《うを》みたいだ」

そのようなことを言って、なおも貴之は笑うのだ。自分の反応を嘲笑われているようで、悔しくて悲しくて、しかし快楽からは逃げられない――藤春の目の縁が、熱くなった。

「わわ、せ、師匠！」

にわかに、貴之が慌てる。なにごとかと思えば自分は泣いていて、貴之の舌が涙を掬《すく》った。ちゅく、と音を立てて啜《すす》られて、にわかに羞恥が増す。

「泣かないで」

「泣いて、ない」

歪んだ声で、藤春は答えた。懸命に通常の声を出そうとしたのだけれど、無駄だった。

女人との体験はあっても、男との経験などない。

「おまえが、こんなこと……するから、だ」

「そうですね」

心配そうな顔をしながらも、貴之には悪びれたところがない。なおも藤春の肌を味わいながら、舌は下肢へとすべっていく。

「や、め……！」

それ以上進まれては、隠しようのない場所に至ってしまう。淫毛に覆われた部分——秘めた、男の弱点。

「やめ、ろ……やめ、……、っ……！」

「そう言いながら、師匠」

ぺろり、と赤い舌で、臍《へそ》のくぼみを舐めながら貴之は言った。

「本気でいやだったら、私のこと殴って、逃げればいいのに。どうして、そんな……」

「い、うな……！」

藤春は思いきり、唇を嚙んだ。血の味が濃く滲《にじ》んで、それにはっと、覚醒《かくせい》させられたように思う。

「私、は……、私は」

「こうされるの、好きなんでしょう？」

臍のまわりは、意外な性感帯だった。貴之の舌は丁寧に肌を這い、吸って痕をつけ、柔らかい肉を咬んだ。湧きあがる性感に、いったんは目覚めた感覚が、また快楽と混ざって塗り潰されていく。

「悦《よろこ》んでいるじゃないですか。私に、こうされて……こう、されて」

「いぁ、あ……あ、あ……、っ……！」

貴之の手は、藤春の欲望に伸びた。それはためらいなく欲芯《よくしん》を摑み、いきなり扱《しご》きはじめるのだ。

「や、あ、あ……あ、ああ、あっ！」

「ここも、硬いね……？　私の手、待ってたみたいに」

「ちが、待って、な……っ……」

しかし「違う」とは言えないかもしれない。貴之に押し倒されてから、藤春はこうされるのを待っていたのかもしれない。乱暴に嬲《なぶ》って、体に痕をつけて、揺すって高めて、欲を吐き出させせられることを。

「ああ、あ……あ、あ……、っ、……！」

ぐちゅ、ぐちゅ、と音がする。それは藤春の洩らしている淫液の音で、貴之の手の動きに促されて洩れ出していて、尽きない男の性の証《あかし》であることに藤春は気がついていた。

「あ、も……ぉ、……っ……っ……」

藤春は、大きく腰を捩《よじ》った。無理やり高められた陰茎は、小刻みに震えている。それを促すように貴之の手が動いて、そして腰の奥でどくんと震えるものがある。大きく弾《はじ》けて、跳ね飛んでいくものがある。

「は、ぁ……ぁ、あ……あ、あ……」

「ふふ……、達《い》きましたね」

満足そうに、貴之はささやいた。ぴちゅ、と音を立てながら彼が舐めたのはどろりとした白濁で、それが自分の吐き出したものであると気づくのに、少し時間がかかった。

「こんなに、たくさん。師匠、才能あるね」

「な、んの……才能」

貴之の言うことに、噛みついてやろうと思ったのに。しかし言葉は掠れて弱々しく、まるで生まれたばかりの雛《ひな》だ。

「淫乱《いんらん》の、才能。ほら、こんなに色っぽくて」

いけしゃあしゃあとそう言って、貴之は濡れた手を動かす。それに両脚を開かされ、大きく足を拡《ひろ》げる恰好を取らされて、藤春は慌てた。

「な、なにを……、っ……！」

「知らないわけ、ないでしょう？」

なにを言うのだ、と不思議がるように、貴之は首を傾げた。

「この奥で、繫《つな》がるんだ。私と、師匠……ひとつに、なる」

「い、や……、っ……！」

藤春は声をあげた。知らないわけはない。そうやって愛し合う男たちも、たくさんいるのだから。しかしことが自分になると、そうかと呑気にしているわけにはいかなかった。

藤春は足を閉じようとし、しかし貴之が身を割り込ませてくるほうが、早かった。

「やめ、ろ……こんな、こと」

「どうして？」

「戻れなくなる……」

それは藤春の、悲痛な叫びだった。戻れない。このまま進んでしまったら、もうただの師弟には戻れない——。

「いいじゃないですか」

なのに貴之は、こともなげにそう言うのだ。

「私は、師匠といつまでも、それだけの関係でいるつもりはない。私は師匠と、恋人になりたい」

「こ、い……びと」

今まで縁のなかったその言葉に、藤春はきゅっと胸を掴まれるのを感じた。頬が熱くなる。体温があがっていく。

「師匠は、私と恋人になるのは……いや？」

「……れ、は……」

ああ、またこの顔だ。捨てられた子犬の顔。この表情で覗き込まれるのはたまらなくて、どうしようもない衝動に駆られてしまって。

藤春の表情を、どう取ったのか。貴之は目をすがめて藤春を見つめる。そして自分の唇を舐めると、藤春の両脚の間に顔を寄せてきた。

「いや、いや……、やめ、……、っ……！」

彼の舌が、双丘の間に這う。白濁に濡れた指もそれを追いかけ、小さく閉じた秘所に、触れた。

「あ、あ……、っ、……、っ……」

「じっとしていて」

つぷり、と指先が挿り込む。襞《ひだ》を拡げられて、するとぞくぞくするような感覚が全身を襲った。

「ふぁ……ああ、あ……あ、あっ……！」

「ここ、感じるところなんだな」

　嬉しそうに、貴之は言った。口調とは裏腹に、ねじ込んでくる指には容赦がない。ぐちゅ、ぐちゅ、と音を立てながら挿ってくる——一本から二本と指は増え、内壁をかりっと引っ掻《か》いた。

「い、あ、あ……ああ、あ！」

「ほら、中が動いた」

　そう言って貴之は、秘所にちゅっとくちづけを落とす。指はてんでに中でうごめき、人差し指の腹が触れたところから、いきなり雷《いかずち》のような衝撃が全身を走った。

「……、っあ、あ……ああ、あ……、あ！」

　ひくひくと、身がわななく。目の前が真っ白になって、なにがなんだかわからなくなる。塗り潰された白にきらきらと星が飛んで、ここがどこで自分はなにをしているのかさえ、不明になる。

「は、っ……、は、は……、っ……」

「師匠、また達ったね」

下腹部が、粘ついた淫液で汚れている。それを遠くに見ながら、藤春はまた、自分の中が暴かれていくのを感じていた。

「あ、ああ……、あ、あっ……」

「中、挿る」

複数の指を呑み込ませながら、貴之は言った。

「どんどん、奥に吸い込まれていく……こんな、の」

はっ、と昂奮を隠さない調子で、貴之は呻いた。

「こんなの……、こんな、反応」

「……貴之」

藤春は、掠れた声をあげる。

「いい、から……」

つい、そのようなことを言ってしまったのはなぜなのだろうか。藤春自身、あまりに丁寧にそこを開かれることを、もどかしく思っていたのだろうか。早く、もっと乱暴に暴いてほしい——貴之の情熱と同じように。

「は、やく……！」

「師匠」

貴之が、ごくりと唾《つば》を飲んだのを聞いた気がする。藤春はぎゅっと目を瞑《つぶ》り、そろそろと、自ら脚を拡げた。

「師匠。す、ごい……、色っぽい」

「そんなこと、言うな」

ふい、と視線を逸《そ》らせる。貴之が腿《もも》に手を置いてくる。ひやりとした手の感覚が、心地いい。はっと息を吐くと、その呼気を貴之の唇が奪ってきた。

「あ、あ……、っ、……」

体が重なる。下半身が触れ合う。熱く猛《たけ》った貴之自身が挿り込んできて、そしてほどかれた蜜口《みつくち》に押し当てられた。

「っ……、っあ……あ、あ……」

じゅく、じゅく、と淫《みだ》らな音を立てて、欲望が挿ってくる——指とはまったく違う感覚に、藤春は耐えた。肉が引き攣る、快感が大きくなる——。

「あ、ああ、あ！」

藤春の喘ぎに、貴之の呻く声が混ざった。それがたまらなく愛《いと》おしく感じるのは、なぜだろう。中を抉《えぐ》る欲望の熱さを感じながら、藤春はしきりに息を吐いた。

ぐん、と奥までを突かれる。擦《こす》りあげられる感覚に藤春は啼《な》き、ずるりと引き抜かれる感覚に、また声をあげた。

「んぁ、あ……あ、あ……、っ、……!」

「師匠の中……すっごく、気持ちいい」

情熱的に藤春にくちづけたまま、貴之が蓮《はす》っ葉《ぱ》な口調で言った。

「うねうねしてて、私に絡みついてくる……たまら、な……」

「いぁ、あ、あ……ああ、あっ、……」

また、突きあげられた。指では届かないところを突かれて、内壁をぐちゃぐちゃにされて。藤春は、未知の感覚に翻弄されている。しきりに抽挿にあわせて息を荒くするばかりで、まるで感じるだけの人形になってしまったかのようだ。

痺《しび》れるような快感。そう、これは快感なのだ——そう、藤春が気がついたのと、同じ刹《せつ》那《な》。

「せ、んせい」

どこか情けない声で、貴之が言った。

「達く。師匠の中で、達く……」

「な、かは……ぁ……っ」

彼を止めようとしたのに。しかしそれ以上、藤春は言葉にできなかった。息の詰まるよ

うな出し挿れが激しく繰り返され、そして最奥の、まだ深い場所を貴之が突いたとき。

「あ、あ……、あ、あ……ああ、あっ！」

灼熱《しゃくねつ》が、放たれる。奥の奥に注がれたそれは藤春の敏感な肉に沁み込み、それにまた藤春は喘いだ。どうしようもない衝動に、身悶えした。

「ふぁ、ああ……、っ、……、っ……」

「は、ぁ……、っ……」

しばらくふたりは、体を重ねたまま荒い呼吸をしていた。ふたりの呼気は混ざり合い、まるでひとりのもののようだった。

「せん、せい」

掠れた声で、貴之が呟く。繋がった部分にその声音が響いて、藤春はびくん、と体を震わせる。

「好きです」

「……わかった」

しぶしぶ、という様子を装ったのに。貴之は嬉しげに頬をすり寄せてくる。抱きついて鼻を擦りつけてくる仕草は、まるで犬だ。

「わかったってことは、私と、恋人同士になってくれるってことですか？」

「それとこれは、話が別……って、動くな！」

「もしかして、師匠」

にやり、と、今度はいたずら猫の顔になって、貴之は言う。

「これで終わりとか、思ってる？」

「な、にが……」

「師匠を抱けたのに。これで終わりとか……ないよね？」

さぁっ、と藤春の体温が引いた。そんな彼をにやにやと見やりながら、貴之は体勢を入れ替える。

「ひぁ、あ、あ……あ！」

「もっと師匠のこと、味わわせて？」

そのまま翻弄されて、再び深くを抉られて。

それを受け入れてしまう自分の体がどうなってしまったのか、藤春にはわからなかった。

□

今の御所は混乱のさなかだと、貴之は言う。

「内裏は、帝の派閥と、春宮の派閥に分かれています」

その話を、藤春はどこかぼんやりとした頭で、聞いていた。

「そのくらいは、聞いたことあるでしょう？」

「なんとなく……」

しかし大学寮は、権力争いからは遠い場所だ。藤春も、今まで他人《ひと》ごとだとしか思ってこなかった。

「当の帝は、息子と相争う気などおありにはならないらしい。けれど、春宮が……血気盛んだというのか、お若いがゆえというのか。父上に、なにかと反発しておられる」

「子が親に反発するのは、あたりまえじゃないか」

投げやりにそう言った藤春に、貴之は首を振ってみせる。

「もちろん並みの親子なら、それも許されましょう。しかしおふたりは、帝と春宮です。まわりには、我が利を吸おうと待ち構えている蛇《くちなわ》がたくさんいる。その者たちが、おふたりを煽る。ただの親子喧嘩《げんか》を、天下分け目の争いにしてしまう」

貴之の言葉はもっともだったので、藤春は目を見開いた。同時に体の中心に伝わる衝撃があって、声をあげて突っ伏してしまう。

「大丈夫ですか？」

「お、まえ……が！」

視線だけをあげて、藤春は貴之を睨んだ。すると彼は、いたずらを企んでいる子猫のような顔をして笑うのだ。

「そう、私が」

そして嬉しそうな笑い声をあげた。

「あなたが、私のものになった」

「……誰が、そのようなこと」

認めるか。しかし咽喉が嗄れているのも、下半身が重いのも、すべてはあの行為のせい――抵抗しながらも受け入れ、声をあげたのは藤春だったのだ。

「私のことが嫌いだったら、許してくれないでしょう？　あんなこと……すべてを任せてくれないでしょう？」

「事故、だ」

歯を食いしばりながら、藤春は呻いた。

「物の怪のせいだ……きっと。私の意思じゃ、ない」

「まぁた、そんなこと」

言って貴之は、藤春にくちづけてきた。逃げたいところだけれど、しかし体が自由にならないので、動けない。そんな藤春の唇を、貴之は易々と奪った。

「……ん、っ……」

唇を重ねるだけの、接吻。それだけでもくらりと酔わされたように感じて、藤春は掠れた声をあげてしまう。貴之はそんな彼を追いかけて、なおもくちづけは濃くなる。

「や、め……、っ……」

「いや、やめない」

聞きわけのない子供のようなことを、貴之は言った。無理やりに接吻をほどき唇を遠のけると、貴之がにわかに、悲しそうな顔をする。

「私のこと、嫌いですか？」

先ほどが猫なら、今度は犬だ。くぅぅん、と頼りない鳴き声をあげながら覗き込んでくる、捨てられた子犬だ。

「……嫌い、ではない」

「じゃあ、好きなんだ」

なにを勝手な、と藤春は思うけれど、しかしぱっと花開く貴之の笑みを見ていると、許したくなってしまう。彼のせいばかりにはできないと思う。

「好きでも、ない」

「なんだぁ」

がっかりとした表情が、かわいらしい。そのように思ってしまった時点で、もう負けているのかもしれないけれど。

「じゃあ、いつか好きにしてみせる」

そのようなことを言って、貴之は笑うのだ。その笑顔が眩しい、などと言っては、本当に藤春は負けてしまう。

「……好きにしろ」

そう言って、藤春は貴之に背を向けた。それだけが今の藤春にできる、最大の抵抗だった。

第三章　皇子

後ろからやってくる気配がはっきりと感じられて、だから藤春は驚かなかった。

「なにをしている」

「師匠、冷たい」

大学寮の一室、室《へや》の棚に置かれた書巻に目を通していた藤春は、こともなげな調子で言って、返ってきたのがそんな台詞《せりふ》だった。

「もっと驚くとか、してくれてもいいのに」

「おまえが、ありきたりな手を使うからだ」

なおも書巻に目を落としたまま、藤春は言う。そんな彼の注目を惹《ひ》こうというのか、貴之が歩み寄り、角度を変えて藤春の顔を覗き込んでいる。

「だいたいここは、関係している者以外は入室を許されないはずだ。おまえはもう、関係のない者だ」

「ますます冷たい」

がっかりしたように貴之はしょぼくれ、そんな彼を藤春は目線だけで見やった。

「なんの用だ。私は、忙しい」

「どんな用事で忙しいのか、知らないですけど」

なおも意気消沈した様子で、貴之は言った。

「その中で、どんなものよりも大きな用事です。大慌てで、なにもかもを投げ捨てて、向かってしまうような」

「いったいなんなんだ」

苛立って、藤春は書巻を閉じた。乱暴に棚に突っ込みながら、声を荒らげる。

「はっきりと言え。いったいなんだというのだ」

すると貴之は、にわかに居住まいを正した。今までのふざけた態度が嘘であったかのように、背筋を伸ばして、恭しく言った。

「帝が、お呼びです」

「……は？」

なにを言っているのだ——貴之の言葉の意味がわからなかった。三度繰り返して問い、それでも貴之はうんざりした様子を見せなかった。

「帝が、お呼びです」

「な、ぜ……帝が？」

声が震える。そんな藤春を楽しげに見やりながら、貴之は続けた。

「紫宸殿《ししんでん》では、目立つので。弘徽殿にて、女御とともにお待ちでいらっしゃいます」

「女御……？」

ますます不可解だ。しかし貴之の真剣な表情を見ていると、あながち冗談だとも思えない。彼が手招くままに藤春は室を出た。

「おい……、本当なのか」

後宮への回廊を行く。護衛の武者たちは貴之を見ると頭を下げ、彼らがなぜそのような態度を取るのかもわからない。

「お楽しみですよ」

そう言って貴之は、いたずら猫の顔で笑う。やがて甘い香りの漂ってくる一角に着き、すると貴之が、御簾の向こうに声をかけた。

「貴之です。最上夜藤春を連れまいりました」

「ちょっと、どういう……！」

藤春の声に、衣擦れの音が重なる。御簾が少し開いて、扇を持った小さな手がひらひらとする。貴之はためらいもなく中に入っていって、藤春はおずおずと、それについていった。

几帳《きちょう》をくぐると、繧繝縁《うんげんべり》の畳が目に入った。それを見て、ぎょっとしたのだ。帝か三皇、上皇しか用いない畳だ。そこに座っている人物が、帝に違いない。

藤春は内心、大汗をかいた。帝は霞《かすみ》模様の、露草色の狩衣をまとっている。なんとも気軽な恰好だけれど、滲み出る威厳というものは拭い去れない。傍らに控えているのが、弘徽殿の女御だろう。

「最上夜藤春か」

重々しい声で、そう呼ばれた。藤春は、はっとしてその場に腰を落とす。そして深々と頭を下げた。

「仰せのとおり……最上夜藤春にございます」

「ふむ」

帝を前にしているという緊張に、頭をあげられない。しかし帝は、どこか楽しそうな口調で言うのだ。

「よく、貴之の面倒を見てくれたようだな」

「は……」

それは、学生としての貴之を言っているのだろうか。それとも物の怪騒ぎに乗じてのさまざまを言っているのだろうか。

「……え？」

思わず藤春は、顔をあげた。微笑んでいる帝の顔を見る。そしてその目もとがなんとはなしに見たことがある印象だと思い、そのまま視線を、脇《わき》に向けた。

「あ、あ……、っ……？」

「今ごろ気づきましたか？」

にやり、と笑って貴之が言った。藤春は、口をぱくぱくさせるしかない。

「お、まえ……、いや、殿下……？」

「今さらそんな、堅苦しい呼びかたはなしですよ」

貴之は、声をあげて笑い出した。この場でそのような無作法が許されるのは、確かに皇子でしかあり得ない――皇子。帝の、息子。

「ね、師匠」

「あ……あ、あ……、っ……」

貴之は、藤春に向かって片目を瞑ってみせた。なんだ、その仕草は。藤春はただただ、啞然《あぜん》とするしかない。

「なん、で……今まで。黙ってた……？」

震える声でそう問うても、貴之はなおもにやにやしているばかりだ。帝も女御も微笑んでいて、これは皆ぐるみで藤春をからかっていたに違いない。

「だって師匠、全然気づかないんですもん」

そう言って貴之は、足を組み直す。その堂に入った態度も、やはり皇子のもの以外にあり得なかった。

「私は、たくさん気づくきっかけを落としていたんですけどねぇ。全然気づかないから、かえって申し訳なくなりました」

「貴之ったら。師匠をからかうものではなくてよ」

「からかってはいませんよ。ね？」

意味ありげなもの言いで、貴之は藤春に視線を向ける。この状況に少しは慣れてきたものの、しかしそれでも、目の前に帝がいるという状況、貴之が皇子であるという事実。それらに慣れろというほうが、無理だというものだ。

「まぁ、ゆるりとするがよい」

そう言ったのは、帝だった。狩衣で脇息《きょうそく》にもたれかかった姿は、知らぬ者には帝だとはわからないだろう――否、やはり内包している雰囲気というものがある。放たれる気配というものがある。いくら狩衣姿でも、わからないということはないだろう。

「突然呼び出して、悪かったな。忙しかったのであろう？」

「いえ、それほどでも……」

そう言ったのと同時に、つきん、と頭が痛んだ。藤春はとっさに頭に手をやって、しかし痛みは一回だけだった。

(なんだったんだ？)

「貴之の面倒を見てくれて、感謝している。なかなかに跳ねっ返りだ、手を焼いているだろう」

「はぁ、まぁ」

正直なところを口にしてしまい、帝がくすくすと笑った。

「そなたの師は、なかなかに正直だ。いや、気に入ったぞ」

「申し訳ございません……」

藤春は深々と頭を下げた。そんな藤春に、帝は顔をあげるように言った。

「この者なら、きっと問題の解決、役に立ってくれよう」

「そうですわね」

女御まで同調しての、問題解決とやら。藤春はぱちくりと目をしばたたかせた。

「そなた、物の怪が見えるそうだな」

帝は、好奇心半分といったようにそう言った。藤春はぎょっとして、後ずさりをする。

「ああ、そのような顔をせずともよい。そのような者は、少なからずいる。しかし……」

そう言って帝は、貴之を見た。

「貴之が信頼を置ける者となると、そなたしかいない」

「そう、なのですか……」

ごくり、と藤春は固唾《かたず》を呑む。貴之に信頼されているというのは、喜べばいいのか悲しめばいいのかわからない。しかし帝の力になれることがあるのなら、それは喜ばしいことだと藤春は思った。

「そなた、五条の橋のたもとで、女人の物の怪を見たそうだな」

はい、と藤春はうなずく。あの、物の怪——藤春の頭痛の原因でもあった物の怪。あれは雷鳴壺更衣の物の怪だと、貴之は言った。そのような身分の女人があのような場所で、物の怪としてさまよっているなんて、信じられないけれど。

「確かに、更衣は死んでいる」

ぎょっとするようなことを、帝は言った。しかしその表情には真摯《しんし》な色しか浮かんでおらず、更衣の死は確かなことなのだと思われた。

「今の雷鳴壺更衣は、影武者だ。後宮での死は、許されていないのでな」

「そう……なのですか」

死んだ更衣も、影武者にされている者も、気の毒だと思った。ぽんと肩を叩かれて、なにごとかと思うと貴之だった。彼が、慰めるように肩を叩いてきたのだ。

「しかし更衣がなぜ死んだのか……なにゆえなのか」

恐ろしい言葉を、こともなげに帝は言った。

「それは、いまだにわからない。雷鳴壺更衣は、そなたも存じているだろうが……それほどときめいた更衣でもなかった」

現在の春宮は、麗景殿女御腹だ。そして目の前の弘徽殿女御、梨壺女御と揃《そろ》っていれば、寵愛が後宮の奥まで入り込むのは難しいと思われた。

「そして物の怪の遺した歌だが」

「わか身ひとつの秋にはあらねど」

「そうだ。その歌を遺す意味を、貴之とともに、考えてみたのだ」

「して、なんと」

突然、好奇心が疼《うず》きはじめた。そんな藤春の心中に気がついたのか、帝はくすくすと笑った。

「秋、は、飽き、だ」

「……あ!」

「飽きられた身を嘆く歌、と取れる、しかし」

帝は少しばかり、居心地の悪そうな表情をした。首を傾げる藤春の前、貴之が帝の言葉の端を取った。

「帝は、雷鳴壺更衣を、それほどに寵愛してはおいでにならなかった」

「寵愛がなければ、飽きられることもあるはずがない、と?」

なるほど、と藤春はうなずく。そんな彼を見て、貴之も首肯した。

「それなのに、物の怪になって……、帝への恨み言を述べるのはなぜかと」

「しかしいずれにせよ、恨みを晴らしてやらねば、成仏はできまい」

「そして物の怪のことが広がれば広がるほど、帝の御代に悪い影響が及ぶ」

彼らがなにに腐心しているのか、なにを恐れているのか、それはよくわかった。しかし、と藤春は声をあげる。

「畏《おそ》れながら」

「なんだ?」

帝が、藤春を見やる。そのまなざしの強さに負けまいと、藤春はぐっと腹に力を入れた。

「なぜ、私なのですか? 貴之の……殿下の信頼がある、だけでは、納得できないのですが」

「それはそこ、予がこの旨を預けたのは、貴之だ」

なにを言うのか、というように帝は笑った。しかし彼の反応の理由が、藤春にはわからない。

「その貴之が所望するのだから、当然であろう？」

うっ、と藤春は、言葉に詰まった。

「それともそなた、異議があるのか」

「……ございません」

藤春は、そう言って頭を下げるしかなかった。要は、貴之のわがままか。

第四章　藤壺《ふじつぼ》の『藤のきみ』

緋《ひ》の袴《はかま》に、菱《ひし》模様の海老の単《ひとえ》。その上に五枚の袿《うちき》を重ね、襲《かさね》は白撫子《しろなでしこ》。打衣《うちぎぬ》、表着《うわぎ》、唐《から》衣《ごろも》をまとい、裳《も》をつける。檜扇《ひおうぎ》を持たされ畳紙《たとうがみ》を胸もとに入れられ。すると立派な女人のできあがりだ。

「ほぉ……」

感心したように、貴之が声をあげた。

「師匠《せんせい》に、女人の恰好《かっこう》が似合うとは思いませんでした」

「誰《だれ》も、好き好んでこのような恰好を……！」

藤春は苛立《いらだ》って、手にした檜扇を畳に叩《たた》きつけようとする。

「おっと、せっかくの、帝《みかど》からの賜りものを」

そう言われると、叩きつけるわけにもいかない。藤春はぐっとこらえ、檜扇を握りしめた。

「五条の橋の物《もの》の怪《け》に関しては、師匠はもう他人《ひと》ごとではないのですから。腹をくりなさいませ」

「どうして、おまえなんだ」

ぐっと唇を噛《か》みながら、藤春は呻《うめ》いた。

「そして、私なんだ？　おまえは鍼師《はりし》で、帝に仕えているのではなかったのか？　鍼師というのは嘘《うそ》か？　皇子であることを隠すために、鍼師に身をやつしていたのか？」

「師匠、一気に尋ねられても」

泡を食ったように、貴之が声をあげた。

「私が鍼師であることと、今回の件は関係ありません」

藤春を宥《なだ》めるように、貴之は言う。

「私は大学寮で会った、第三の眼を持っていて頭痛持ちの師匠の役に立ちたくて、鍼師を目指した。皇子が典薬寮に属するわけにはまいりませんから、身分を隠していた。鍼師として典薬寮で働くようになったその春に、このような事件が起きた」

「おまえの、差し金ではないのか」

「まさか」

貴之は、肩をすくめた。藤春はすくめたくとも、女人の衣が重くてそれどころではない。

「そもそも、私の第三の眼とはなんなんだ。私の直系の誰も、そのような奇妙なものは持っていないぞ？」

「それは、私にはわかりませんが」

首を傾《かし》げて、貴之は言う。確かに彼は知らないのだろうと思われた——それなら彼を責め立てても、仕方がないことではあるが。

「それにしても、素晴らしいお姿」

まるで女人を垣間《かいま》見ることに成功したかのように、貴之が息を吐く。

「どうせなら、ずっとこのお姿でいませんか？　見る目にも、まこと麗しい」

「おまえ、楽しんでいるだろう⁉」

思わず藤春は声をあげ、貴之が「しっ」と言って、藤春は唇を噛んだ。

□

亡くなった雷鳴壺更衣が、なぜ物の怪となって現れるのか。都の者たちを騒がせるのか。

その原因を突き止めるように、藤春たちは帝直々に任じられた。それは重要な職務であり、藤春も全力をもって当たるに異存はないのだけれど。

「どうして、女人の姿をしなければならないんだ！」

「ですが師匠は、文章博士《もんじょうはかせ》」

しれっとした顔で、貴之は言う。

「内裏に、顔が知られております。師匠の教えた者たちも、内裏にはたくさんおります。潜伏するのは、難しいでしょう」

「うう……」

そして内裏に知り人がより多いのは、貴之のほうなのだ。となればこのふたりは、忍びの調べものには、もっとも不適当な者たちだといえるだろう。

「上の、ご希望です」

それなら別の者を、と言いかけた藤春を、貴之が遮った。

「上が、師匠に頼みたいとおおせなのです。ご下命に逆らうことは、許されません」

「ううう……」

帝の名を出されては、藤春は呻くしかない。ずっしりと重い化粧、そして裳唐衣に包まれた我が身を振り返って、嘆くしかないのだ。

「諦《あきら》めなさいませ」

ぴしり、と貴之は言った。

「それに、女ぎみのお姿、お似合いですよ。これほど師匠に、女人の装いがお似合いだとは、思わなかった」

「似合っていても、嬉《うれ》しくはない……」

はぁ、と藤春はため息をついた。檜扇で口もとを隠し、肩の力を抜くと、貴之が目を見開いた。

「ど、どうした？」

「師匠……」

貴之が、にじり寄ってくる。そっと手を肩に置かれて、はっと彼を見た。はっとしたのは、貴之も同じようだった。

「まこと、女人にしか見えません」

「喧嘩《けんか》を売っているのか！」

声をあげると、貴之はしきりに目をしばたたかせた。

「声は、男ですね。残念ながら」

「なにが、残念だ……」

女人に見えると言われれば腹が立つし、然《さ》りとてせっかく重い思いをしているのに、甲《か》斐《い》がないと言われても苛立つだろう。計画のためには女装が似合うほうがいいのだから、褒められてよしとするべきだろうか。

「師匠には、この藤壺の女房となっていただきます」

改めて、貴之がそう言った。

「名は……そうですね。藤のきみ、といたしましょう」

「そのままじゃないか！」

思わず声をあげ、しかしまた貴之に「しっ」と言われてしまう。

「私の遠縁ということにしておきますから、師匠はあまり、お話しにならぬよう」

「声で、明らかになってしまうからか？」

「そのとおりです」

逃げようのないことを言って、貴之は藤春をがっかりさせた。

「真実……女装生活がはじまるのか」

「雷鳴壺更衣の死因がわかり、祓《はら》うことができればそれで終わりです」

「それが大変なのではないか！」

貴之は淡々と言うけれど、いつになれば死因の解明などできるのかわからない。ともすれば、永遠にこの女装姿のまま——そう思うと、ぞっと怖気《おぞけ》が背中を走った。

「あ」

「なんだ？」

貴之が妙に艶《なま》めかしい声をあげたので、思わず彼を見た。すると彼は微《かす》かに頬《ほお》を染めて、藤春を見ている。

「師匠……、押し倒しても、いい？」

「ば、ば、ばか者っ！」

藤春は、押されるように声をあげる。

「いいわけがないだろう！　状況を見ろ、状況を！」

「状況さえ問題なかったら、押し倒してもいいんですね？」

そのようなことをいけしゃあしゃあと言う教え子を睨《にら》みつけ、なんと言ってやるべきか頭を巡らせていると。

「貴之さま」

女の声がかかった。藤春は慌てて身を小さくし、檜扇で顔を隠す。几帳《きちょう》をくぐってきたのは、樺《かば》色の裳唐衣の女房だった。

「今日、おいでになるという、新しい女房のきみは……」

「ああ、もう着いている」

涼しい顔で、貴之は言った。

「こちらだ。藤のきみ。もうすぐ結婚なさるということで、行儀見習いにおいでになったのだ」

（だ、誰が、結婚⁉）

藤春は思わず叫びそうになったけれど、ぐっと言葉を呑《の》み込む。どのみち几帳の陰に隠れ、扇で顔を隠しているのだから、藤春の動揺は女房に見抜かれはしないだろうけれど。

（出任せを言うにもほどがある）

しかし貴之がそう言った以上、藤春は『藤のきみ』として、結婚を控えた娘らしく振る舞わなくてはならないのだ。

（いったい、どうすればいいんだ……？）

「まぁ、藤のきみ、と。大切なお名前を、お与えになりますのね」

「別に、そういうわけじゃない」

（大切な名前？）

藤春の耳は、それを聞き逃さなかった。思わず扇をずらして貴之を見て、すると彼は涼しい顔をして、女房と話しているばかりなのだけれど。

（どういうことだ？　以前にも、藤のきみと呼ばれた者があったのか？）

しかし今、尋ねるわけにはいかない。じりじりとした思いとともに藤春は女房が立ち去るのを待ったけれど、女房は藤春のもとに歩いてきたのだ。

「さぁ、藤のきみ。いらっしゃい」

「は、ぁ……？」

「宮さまにお仕えするのでしょう？　ここでの仕事を、覚えてもらわなくちゃね」

「な、なにを……？」

慌てて貴之のほうを見た。貴之はなにかを喜んでいるかのように、藤春の焦燥具合を楽しむかのように、藤春に目をやった。

「では、少納言」

この女房は、少納言というらしい。夫の階位だろうか。

「なにしろ、お屋敷から出たことのない、深窓の姫なのだ。いじめてやるなよ」

「まぁ、人聞きの悪い」

そう言って少納言は、くすくすと笑った。彼女は笑っているけれど、いじめなどというものが、本当にあるのだろうか。にわかに、女の世界が恐ろしくなってきた。

「ちゃんとお預かりして、立派な北の方になっていただきますよ。わたくしが責任をいただいた以上、きちんとお相手の男ぎみにも満足いただける女人に仕上げますわ」

少納言の言うことは、藤春を震えさせるばかりだった。いったいなにをされるのか、なにをさせられるのか。今まで女房を召し使う側だった自分が、使われることになるとは思いもしなかった。

「それでは、藤のきみ。いらっしゃい」

「……はい」

あまり大きな声をあげては、男だと言うことが露《あら》わになってしまう。藤春はできるだけ声音がわからないように、小さな返事をした。

「まぁ、慎ましやかだこと」

しかしそれは、少納言に誤解を与えてしまったようだ。

「女人は、静かであるのが一番ですよ。ぺちゃくちゃよけいな口を利くのは、無作法です」

「は、ぁ」

そうでなくても、それ以上言いようのない藤春は小さな声でそう言った。少納言は満足そうにうなずく。

貴之を振り返ると、彼は今にも転がって笑い出しそうな顔をしていた。一発殴ってやりたいところだけれど『藤のきみ』としては、そういうわけにもいかない。藤春は内心、大きなため息をついた。

呼んでいる者があるというので『藤のきみ』は、膝《ひざ》で几帳の向こうにまで移動した。

「貴之……、宮さま」

こほん、とひとつ咳払《せきばら》いをしてそう呼びかけると、貴之は振り返って、にやりと笑った。

彼の前には、鮮やかに色づいた前栽がある。

「師匠にそう呼ばれるのは、悪くないですね」

「しっ」

小さな声で藤春はそう言って、貴之の傍らに座った。檜扇は手放さず、忘れずに顔を隠している。

「どこで誰が聞いているか」

「いや、たいした女房ぶりだ」

笑いながらそう言う貴之を、藤春は睨みつけた。声がどうしても小さくなってしまうのは、ここしばらくの習慣だから仕方がない。

「頭が痛くて、仕方がない」

それさえも貴之のせいのような気がして、恨みがましく藤春は言った。

「ここは、なんなんだ？　魑魅魍魎《ちみもうりょう》の、魔窟《まくつ》ではないか」

「言い得て妙です」

そう言って、貴之は笑う。しかし藤春は笑うどころではない。彼を睨みつけ、すると貴之はますます楽しげな顔をした。

「確かに、後宮で死人は出ません。だからそのぶん、生霊が出る。女の恨み辛《つら》みが重なって、どこもかしこも物の怪だらけです」

「私が、このような体質であるのを知っていて」

藤春は、厳しい表情で貴之を見やった。

「こんな恐ろしい場所に放り込んだのだな。無情なやつだ」

「それもこれも、帝の願いです」

涼しい顔をして、貴之は言った。

「帝が、真実を知りたいとおっしゃっておいでなのですから……なにか、わかりましたか？」

「男が、やたらに後宮の女に興味を持つ、ということくらいだ」

つんと澄まして、藤春は吐き捨てた。

「私がここに入ってから、いったいどれだけ文が届いたと思う？　それに少納言などは、喜びおって」

「ほぉ、文を」

貴之の眉が、ぴくりと動いた。その表情が固まったように感じたのは、気のせいだっただろうか。

「どれもこれも、軟弱な歌ばかりだ。すべて、添削して返してやった」

「さすが、文章博士……」

そのまま貴之の表情は、すぐに疑わしげなものに変わる。

「それでも、一通くらいは心を打つものがあったのではないですか？　受け取って、歌を返してやってもいいと思うものがあったのではないですか？」

「ばかな……」

藤春は呆《あき》れ、そんな彼の顔を貴之がじっと見つめる。

「相手は、男だぞ」

「師匠の恋人は、男ではありませんか」

「恋人？」

語尾をあげてそう言うと、貴之がにわかに、しっぽを垂れた——ように見えた。

「誰が、恋人だ」

「私ですよ、私」

「男の恋人を持った覚えは、ない」

「ひどいなぁ」

言って貴之は、藤春の手首を摑《つか》んだ。あ、と声をあげる間もなく、檜扇が手から落ちた。

「評判なのですよ。藤壺に入った新しい女房は、寡黙でおとなしく、それが男たちの心をくすぐる、と」

「……なにが、評判」

ぞっとすることを聞かされて、藤春は震えた。そんな彼の手首を摑んだまま、貴之は顔を寄せてくる。

「仕方のないことでしょう。おまけに垣間見てみれば、当の藤のきみはこれほどの女人っぷり」

「誰が！」

引き寄せられて、手の甲にくちづけられた。そこからぞくぞくとしたものが駆けのぼるけれど、このような場所で彼に応じるわけにはいかない。しかも藤春は、裳唐衣姿なのだ。倒錯的であるにも、ほどがある。

「離せ」

「いいえ」

貴之が目を光らせて、その色にどきりとした。そこに淫《みだ》らな光を感じ、手を振りほどいて逃げようとしたのだけど。

「逃がしません」

そう言って、腕を摑まれたまま押し倒された。ふわり、と髪がなびく。男の藤春では、髪の長さが足りない。だから髢《かもじ》をつけているのだけれど、それがほどけて落ちそうになった。

「男から文をもらっていると聞いて、黙っていられると思いますか？」

「わ、たしの……せい、ではない……！」

「そりゃあね」

目をすがめて、貴之は言った。

「あなたのせいではないかもしれない……ですが、あなたが魅力を振りまいていることは確かなのですからね」

「だ、からって……、ここ、で……！」

「おや、それくらいのことはおわかりになるようだ」

くすくすと、貴之は笑った。

「ここは、私の宮ですよ」

その言葉に、藤春はどきりとした。そういえば、まわりには誰もいない。几帳の向こうからも、人の気配が消えている。

「私がなにをしようが、誰にもなにも言われないところ。私の王国だと言ってもいい」

「わ、たしは……！」

それでもなお、彼から逃げようと藤春は試みる。

「おまえが言った『結婚を目前にした姫』なのだろう？　そのような相手に手を出していいと、思っているのか！」

「もちろん、いいに決まっています」

きらり、と貴之は目を輝かせた。

「藤壺のすべては、私のものだ。その『姫ぎみ』の男ぎみも、自分の妻が宮のお手つきであることを喜ぶに違いない」

「乱れている……！」

藤春は叫んだけれど、貴之はなおも微笑《ほほえ》んだだけだった。藤春を抱き寄せ、くちづける。紅を塗った唇でくちづけるのははじめてだったけれど、ぬるりと奇妙な感覚があった。

「わ、私の、藤のきみの男ぎみは、このようなこと望んでいないぞ？　妻には、清純でいてほしいと願っているぞ？」

「それは、宮中の作法を知らない、鈍物の言いそうなことですね」

実際にはいない男ぎみを、貴之は容赦なく貶《けな》した。

「妻に宮のお手がついて、男ぎみでも孕《はら》めば、内裏での出世は思うがままですよ？　その子を盾に宮を脅すこともできるし、宮の力を借りることもできる」

「け、穢《けが》らわしい！」

藤春は叫んだ。すると貴之が「しっ」と言って『藤のきみ』は慌てて口を噤《つぐ》む。

「子供を、そのような……宮廷出世の材料に使おうだと？　藤のきみは、そんな男とは早く別れたほうがいい」

「ですが、たいていの宮廷人は、そう考えないんですよ」

藤春を抱き寄せ、耳もとに唇を押しつけながら、貴之はささやいた。

「妻が宮のお手つきになった、など。幸運としか思わないのですよ」

憐《あわ》れな、と藤春は思った。望まぬ子を孕んで喜ばれるとは、なんという不幸だろう。しかもそれが、除目に影響を与えるのだ。そうと開き直ることができる女ならともかく、思い悩む繊細な女もいるだろう。

「そもそも宮さまがたが、慎まれればいいのだ」

藤春にくちづけをしようとしていた貴之は、なんですか、というように藤春を見てきた。

「女と見れば手を出すような、自制のないことをするから。そのような悲劇が生まれるのだ」

「こちらも、ちゃんと選んでいますよ？」

なにを言うのだ、というように、貴之が言った。

「誰でも彼でも構わない、というわけではない。もの静かで教養があり、麗しい歌を詠み、慎み深く几帳の陰に隠れているような……」

そう言って、貴之は藤春を見た。

「師匠だ」

「は？」

「師匠が、私の理想の姫だ。こうやって女人の着物に身を包んでいられるときは、なおさら」

「ふざけたことを……」

口ではそう逆らいながらも、体は彼に抱きすくめられる。強い腕の力を感じて、はっとする。そんな藤春の唇に、貴之はくちづけを重ねてきた。

「おま、えは……」

吸われ、舐《な》められ、それだけであがってしまった息を乱しながら、藤春は言った。

「私の女装に、昂奮《こうふん》するのか？　それとも、私が私だから……」

「もちろん、師匠が師匠だから、ですよ」

涼しい顔でそう言って、なおもくちづけが深くなる。

「それ以外に、私が昂奮する材料……あると、思いますか？」

「思わない、けれど……」

貴之は、抱きしめた藤春の腰帯をほどく、しゅるり、という絹の音とともに、腰まわりが頼りなくなった。

「あ、あ……、っ……」

袿の衿《えり》もとに、手を忍び込まされる。冷たい手の感覚に、ひやりとした。それに仰《の》け反る体をしっかりと抱きしめられ、裳を取り袴の紐《ひも》をほどかれて、たちまち誰にも見せられない乱れた恰好にされてしまう。

「や、め……、こんな、ところで……！」

「ここは、私の宮です」

藤春の抵抗など、ものの数でもないとでもいうように、貴之は繰り返した。

「ここで私がなにをしようと、気にする者はない。この宮においては、そう。私は、王だ」

「……！」

宣言とともに、貴之は藤春を押し倒す。ふわり、と袿が空気を孕む。気づけば藤春は小袖ひとつになっていて、その衿もとさえも、もどかしげに貴之は緩めた。

「いや、こんな、恰好……！」

衣を緩められる恥じらいに、藤春は声をあげる。そんな彼を見下ろして、貴之はふふ、と楽しげに笑った。

「女人の衣を脱ぐことができて、嬉しいんじゃないですか？」

「ちが……、こういうことじゃ、な……」

男の姿に戻りたいのは山々だけれど、それは女の衣を脱ぎたいとか、そういうことではない。ましてや貴之の手で脱がされることなど、想定していなかった。

「ここ……、誰か、来る……！」

「来たからって、それがどうだっていうんですか」

どこか冷たい調子でそう言って、貴之は顔を寄せてくる。くちづけてくる。

「ここは、私の宮……なにがあっても、すべては私の手の中のこと」

「あ、……だから？」

ちゅく、と吸いあげるくちづけの間、掠《かす》れた声で藤春は言った。

「物の怪のことも、私の女装も……すべて、内々に済ませようと？」

藤春の言葉に、貴之はなにも言わなかった。そのまま藤春の首筋に唇を押しつけ、きゅっと吸いあげる。痕《あと》がつくほど強いくちづけに掠れた声をあげながら、藤春はなおも貴之に問うた。

「帝の、ご迷惑にならないように？」

耳に嚙みつかれた。痕がつくほどに歯を立てられて、藤春は思わず声をあげる。

「あ、……、貴之っ！　訊《き》いて、いるのに……！」

「今は、そのようなことはどうでもいいです」

ぴちゃり、と音を立てて耳を舐めながら、貴之は言った。

「私に、集中してください……あなたを抱いている、私に」

「た、かゆき……！」

彼の手は袿の衿を乱し、中に入り込んでくる。指先で乳首を抓《つま》まれて、びくんと体が跳ねた。ころころと転がされて、すると迫《せ》りあがる感覚に、藤春は大きく震えてしまう。

「相変わらず、感じやすい」

貴之は嬉しそうに、そう言った。ぎゅっと力を込められて、藤春の体は立て続けにわななないた。

「このまま、脱がせてしまってもいいんですけれど」

そうでなくても、帯をほどかれて袿は緩くなっている。力を込めてはすぐに、藤春は丸裸になってしまうだろう。しかしそうはしないと、貴之は言うのだ。

「あなたが、女人の装いで乱れるのを見たい。どのような姿を見せてくださるのか……」

「あ、悪趣味、っ！」

「なんとでも」

貴之は唇をすべらせる。首筋に、肩に。強く吸いつかれて痕をつけられて、そのたびにひくひく跳ねる自分の反応を嫌悪しながら、しかし体中を走る甘い感覚にはどうしても酔わされてしまう。

「あ、あ……、っ、……」

袴を捲《めく》りあげられて、貴之の手が入ってくる。足の甲を、足首をなぞられて、ぞくぞくとしたものが走る。あ、あ、と掠れた声を洩《も》らす唇が塞《ふさ》がれて、まともに息ができない。

「いぁ、あ……あ、あ……、っ……！」

膝の裏をくすぐられると、驚くほどの性感になった。そのまま指を腿《もも》に這《は》わせられ、足の付け根に触れられて。蜜嚢《みつのう》の形を指でなぞられると、ひくん、ひくん、と腰が震えた。

「や……あ、あ……、っ、……、っ……」

「ふふ。いい顔、してる」

藤春の顔を覗《のぞ》き込んできた貴之が、そう言った。彼は唇を舐めていて、それがまるで獲物を狙《ねら》う動物のようで――その色に、どきりとさせられる。

「私に、抱かれたいんでしょう？」

言葉は丁寧でも、その意味するところはあまりに淫らだ。藤春はそっぽを向いて、そんな彼に貴之はくすくすと笑う。

「ここだって……もう、勃《た》っている」

「言うな……！」

藤春は息を呑み、体を捻《ひね》って逃げようとする。しかしそれは叶《かな》わなかった。袴を捲りあげられ、すでに勃起《ぼっき》している自身に唇を寄せられたからだ。

「あ、あ……ああ、あ！」

先端を舐められる。唇で挟まれて、ちゅっと吸いあげられる。あがった水音が、自分の流す透明な液で、自分もまた期待していることに気がつかされてしまう。

「こんな、びんびんにして」

愉《たの》しげに、下卑た言葉で貴之が言った。

「期待しているんでしょう？　もっと、この先も、って……早くって、思っているんでしょう？」

「そ、んな……、こ、と」

否定しても、しかし貴之にはなにもかもお見通しなのだ。藤春は奇妙に開き直る心持ちで、自棄《やけ》になって足を拡《ひろ》げた。

「師匠……」

感極まったように、貴之は声をあげた。女の袴の中からそそり立つ男の欲望は、さぞかし滑稽《こっけい》な見ものだろう。しかもその先端からはたらたらと淫液が洩れていて、よりによって男の愛撫《あいぶ》を待っているのだ。

「は、やく」

浮かされたような口調で、藤春は呻いた。

「早く……、触って。触れて。舐めて……」

「せ、んせい」

はぁ、と貴之が、昂奮を隠せない吐息を洩らすのがわかる。そんな彼を促すように腰を揺すって、すると腰に手がかかった。

「は、ぁ……、っ……っ……」

生温かいものが、自身に触れる。ひくん、と腰を震わせると、自身はすっかり呑み込まれた。

「んぁ、あ……あ、あ……、っ……」

ぐちゅ、ぐちゅ、と舐めずる音がする。そのたびに感じる部分に衝撃が響き、藤春は洩れる声を抑えられない。とっさに手の甲を口もとにやって押さえつけるけれど、声はやはりこぼれてしまう。

「っ、ん……ん、んっ……」

幹を舐めあげられて、先端を吸われる。ちゅくっと洩れる液体を啜《すす》られて、その音にも感じさせられた。

「や、ぁ……ぁ、あ……ああ、あ！」

指が絡んで、上下に扱《しご》かれる。じゅく、じゅく、という音とともに熱があがり、息が荒くなる。呼吸が詰まって、頭の中が真っ白になって、なにも考えられなくなってしまう。

「あ、あ……あ、あっ、……、ッ……」

先端を舐められながら、幹を擦《こす》られて。規則的な動きの中、ときおり変則的に指が動く。それについていけなくて身を捩《よじ》ると、感覚はますます大きくなった。

「っあ、あ……あ、あ……っ……」

体の奥で、淫らな鈴が鳴る。それは藤春の聴覚を奪い、ここがどこで自分たちがなにをしているのか、わからなくさせてしまう。藤春はただただ激しい快楽の波の中にいて、ひたすら揺さぶり続けられているのだ。

「あ、あ……、っ、達《い》く、……、達、く……」

「達って、せ、んせい」

掠れた声で、藤春の自身をくわえる貴之が言う。あ、という間もなく自身は弾《はじ》け、腰の奥からわだかまっていたものが流れ出る。ごくり、という嚥下《えんか》の音を聞いた。

「あ、は……、っ……、っ……」

その音にも煽《あお》られて、藤春は大きく身を震う。しかし攻めは、それだけでは終わらなかった。貴之の舌は感じて痙攣《けいれん》している蜜嚢に触れ、ちゅくちゅくと舐めあげながら、そのまま双丘の奥へとすべっていく。

「いぁ、……ああ、あ……、っ、……!」

自ら開いた脚の、奥を探られた。舌が、慎ましく窄《すぼ》まった媚肉《びにく》に触れる。びくん、と大きく震えた藤春のそこに、舌先が挿《はい》り込む。

「ん、や……ぁ、あ……あ、ああ、あっ!」

舌は、内壁の肉を嬲《なぶ》った。じゅ、じゅ、と音を立てながら複雑に折り重なった肉を舐められ、奥に進んでいくその感覚に耐えがたく、藤春は身悶《みもだ》えた。

「だ、め……、そん、な……ところ」

「ここに、欲しいんでしょう？」

　意地の悪い声で、貴之は問う。

「私の、突っ込んでほしいんでしょう？　深いところに……」

「あ、ほし……、ほし、い……、っ……！」

　たまりかねて、藤春は叫んだ。いったん快楽を教えられたそこは、甘く疼《うず》いている。早く早くとせっつく情動を懸命にこらえながら、藤春は声をあげた。

「おまえが、欲しい……欲しい。はや、く……！」

　藤春の反応に、貴之は満足したようだった。彼は、舌を引き抜く。襞《ひだ》を舐めあげてから顔をあげ、口もとを乱暴に拭《ぬぐ》った。その仕草が艶めかしくて、藤春は見とれる。

「……あ、あ……」

　腰に手がまわった。ぐいと抱きあげられて、両脚の間に貴之の体を挟むことになる。いつの間にか彼も自分の袴の紐をほどいていて、今まで舐められていた秘所に押しつけられたのは、熱い塊だった。

「んぁ……、あ、あ……、っ……」

　ひくっ、と藤春は息を呑む。それは、まだ充分に慣らされていない媚肉を破り、内壁を擦りながら少しずつ中を進んでいく。

「っあ、あ……ああ、あ……、っ……」

こんっ、と中ほどの箇所に、貴之自身の先端が当たる。それだけで体中にびりびりとしたものが走り、藤春は大きく身を仰け反らせた。

「師匠……」

貴之の腕が、藤春を抱き寄せる。彼の腕の中で、藤春はしきりに震えた。まるで寒いところにでも放り出されたかのようだ。同時に体はどうしようもない熱を孕んでいて、相反する感覚に、藤春は混乱した。

「あ、あ……やぁ、あ……っ、……、っ」

「せんせい、せんせい」

藤春が深みにはまっていくのを遮るように、貴之が抱きしめてくる。彼の腕の中、少しは安堵《あんど》できたものの、しかし迫りあがってくる快感からは逃げられない。

藤春を恐怖から救ってくれるのも、同時に苦しめるのも、貴之以外ではあり得ないのだ。

「っあ……あ、あ……、ああ、っ……!」

じゅく、と淫らな音がして、ふたりの流す淫液が絡まって、秘所から流れ出したのを知る。その音にまた性感を煽られ、藤春は貴之をぎゅっと抱きしめながら、快楽の極みに堕《お》ちていく。

　ずん、と大きな衝撃があって、また深くを突かれたのだと知った。その衝動に身を仰け反らせ、すると貴之が、ますます強く抱きしめてくる。まるで逃がさないように、とでもいうようなそれは、藤春の心を満たした。

「あ、あ……、も、……、っ、……、お、く……」

　魘《うな》されているかのように、藤春の声が響く。どうしてほしいのか、なにを求めているのか――自分でもわからないままに声をあげ、両脚を貴之の背に絡ませて、もっともっとと求めている。繋《つな》がったところに力を込めると、中の彼自身が如実に感じ取れるような気がした。

「奥……、もっと」

　同時に藤春は、声をあげる。

「突い、……、っ、っ……」

「師匠」

　嗤《わら》うような、それでいてどこか切羽詰まった声が、聞こえる。

「今の、すっごく……、いい。もっと、して」

「な、にを……」

そのように言われても、藤春にはなんと言ったかの自覚がないのだ。戸惑《とまど》って貴之を見やり、するとくちづけられる。深くを奪われて、同時に激しい抽挿がはじまった。

「いぁ、あ……ああ、あ……、っ、……あ、あ！」

内壁がかきまわされる。敏感なところを激しく突かれる。引き抜かれて、また突き立てられて。浸蝕《しんしょく》はどんどん奥に進み、最奥に当たって、藤春は大きく身悶えた。

「や、だ……、そ、こ……ちが、う……！」

「なにが、いや？」

にやり、と貴之は笑った。藤春の言うことが支離滅裂であることは、わかっているのだ。それにあえて返事をして、藤春をますます混乱に陥らせる。

「いやなんだったら、言って？　やめますから」

「や、め……、の、……いや……！」

藤春の目の前が、じわりと滲《にじ》んだ。なにか生温かいものがしたたって、それを貴之の舌が舐め取った。

「ああ、泣かなくていいんですよ」

優しい声で、貴之は言った。

「泣いている顔も、かわいいけれど……まるで私が、酷《ひど》くしているみたいじゃないですか」

「おまえの、せいだ……！」

　藤春は、声をあげた。

「おまえが、私を……私を、好きなように」

「だって私が、そうしたいから」

　いけしゃあしゃあと憎らしいことを言って、そして貴之はさらに腰を押し進める。じゅく、ぴちゃ、と濡《ぬ》れた音がしきりにあがる。

「この奥……もっと奥で、私の、呑んでほしいから」

「あ、の……ま、せ……、て……」

　身を捩りながら、藤春は叫ぶ。

「おまえ、の……私、に……」

　かしこまりました、とふざけた調子で言って。そして貴之は、体を起こした。

「た、貴之……！」

「ここに、いますよ」

　そう言って彼は、手を伸ばしてきた。ふたりの手が触れ合う。握りあう。貴之はもう片方の手を藤春の腰に添え、そして激しく出し挿《い》れをはじめる。

「あ、あ……、ああ、っ、……、ああ、あ、あ！」

「は、っ……、っ……」

「っあ、ああ、ん……、んっ、……、っ……」

水音と、互いの嬌声《きょうせい》と。それらが絡み合って、今までにない淫らな音が響いた。それに包まれ、追いあげられて。

「……、……あ、あ……、っ……」

どくん、と大きな衝撃があった。体の中がかきまわされて、奥の奥までを抉《えぐ》られて。目の前が真っ白になった。きらきらと、星が散るのを藤春はぼんやりと見つめていた。

「ふぁ、……あ、あ……ああ、あ……」

「せ、んせい」

貴之の声が聞こえる。愛《いと》おしそうに名を呼ぶ声。視界がはっきりとしないながらも藤春は手を伸ばし、熱く火照《ほて》った体を抱きしめる。腕はすぐにまわってきて、ふたりは強く抱き合う。

「師匠」

そう呼ばれるのに、奇妙な違和感を抱いた。掠れた声で、藤春はささやく。

「藤春、と」

「いいのですか？」

ぱっと、貴之の声が弾けたのがおかしかった。藤春は笑おうとし、しかし咽喉《のど》が嗄《か》れてうまく声が出せなかった。

「……藤春」

そうささやかれて、体の奥がぞくぞくとするのがわかる。自分が満たされているという充足感に、息を吐いて。

藤春は、目を閉じた。

頭が、痛い。

がんがんと痛みの鼓動を刻む頭を押さえたまま、藤春は顔をあげた。

目の前には、狩衣《かりぎぬ》を片肌脱いだ貴之の姿があって、ぼんやりと前栽を見つめている。

「また、痛むのですか？」

彼は、藤春の苦しみになど無頓着《むとんちゃく》なのだと思ったのに。意外と繊細に、藤春のことを気にしているのだということに驚いた。

「やりすぎましたか」

「ば……、そういうことでは、ない！」

顔を熱くしてそう叫ぶと、貴之は残念そうな顔をした。

「物の怪ですか」

「まったく……だから内裏には、関《かか》わり合いになりたくないのだ」

ため息とともに、藤春は言った。

「どの物の怪も、恨み言を抱えている。それを訴えたくて仕方がないのだ」

「それが、師匠を囲むわけですか」

「囲まれたくない……」

はぁ、とまた藤春は、ため息をついた。今は貴之に脱がされたまま半裸だけれど、また重い裳唐衣をまとわなくてはならないのかと思うと、それにもまたうんざりとさせられる。

「消してしまうことはできないのですか？　陰陽師《おんみょうじ》みたいに」

「できたら、苦労はしていない……」

ため息とともに、藤春はそう言った。脱ぎ散らかした絹の上に横になっているのは心地いい。いっそこのまま、こうしていたい。

「あの、宮さま」

貴之を呼ぶ、女房の声がする。いくら几帳や衝立《ついたて》で隠れているとはいえ、彼女がひょいと覗き込みでもしたら藤のきみは男で、すでに貴之の手つきであることが露わになってしまうだろう。

（いっそうなって、このようなところから出ていきたい）

そうは思うのだけれど、しかしそれでは、帝から直々に受けた任を果たせない。今のところ、雷鳴壺更衣に関する情報はなにもなく、手をこまねいているのだから。

「春宮《とうぐう》さまが、お呼びです」

「……成晃《なりあき》が？」

その蓮《はす》っ葉《ぱ》なもの言いに、藤春は驚いた。確かに今の春宮、成晃は十八歳で、年下だけれども、身分は年齢にうわまわるものである。身分の低いほうである貴之がそのような口を利いていいのかと、はらはらしてしまう。

「今は所用があると、言っておけ」

「ですが……、しかし」

女房は戸惑っているようだ。その用が女を（藤春を）抱くことであることはわかっているのだから、なおさらだ。

「ですがもなにもない。そう言っておけ。気が向けば、訪ねてやる」

女房は、不承不承その場を去った。藤春は思わず不安げな顔で、貴之を見てしまう。

「そのような顔、しないでください」

貴之は苦笑した。

「悪いことをしているみたいではないですか。ほら、笑って？」

「……こんなに頭が痛いのに、笑えるか」

「では、頭痛の治ることをしましょう」

ん？　と思わず顔をあげてしまった藤春は、もっと貴之という人間を知っておくべきだった。否、知っているはずなのに、なぜ彼に応じてしまったのか。

「うわ、わ、わわっ！」

裸のまま、押し倒される。脚を開かされる。貴之はすばやくその間に入ってきて、そして萎《な》えた藤春の欲望に指をかけるのだ。

「もう、やめ……、っ……て」

「でも、こうやっている間は、痛いって言ってなかったから」

確かに、最中には頭痛のことを忘れていた。そのぶん、まるで堰《せ》き止められていたかのように、一気に痛みが頭の中に流れ込んできたのだけれど。

「ねぇ、しましょう？」

「するかっ！」

藤春が牙《きば》を剥《む》くと、貴之はしゅんとなった。そのような姿を見ていると、彼を受け入れてもいい、という気にならないでもないのだけれど。

「……ん？」

腿に触れられた。不埒《ふらち》な手はそのまま這って、また藤春の欲望を狙った。

「やめろ、触るな！」

そう叫んだつもりだったけれど、声には奇妙な甘さがあって、自分でもうんざりとしてしまった。

第五章　春宮

成晃親王は、六の宮である。

つまり帝にとっては六人目の皇子なのだけれど、生んだのは麗景殿女御だ。父親が左大臣であるもっとも中宮の地位に近い麗景殿女御腹となれば、春宮の位置に置かれるのも当然のことではあった。

成晃も大学寮で学んだ。藤春は直接には教えてはいないけれど、それほどできのいい学生ではなかったということだ。顔もちらりとしか見たことがない。

藤春が春宮について知っているのは、そのくらいだ。しかし『藤のきみ』として藤壺に入って、新しく知ったことがある。

「また、成晃さまがおいでだそうよ」

正体がばれないように、付き合いは最小限にしている藤春だ。それでも雷鳴壺更衣の死の謎《なぞ》を解くために、幾人かの女房とは話をしなくてはならない。その中でももっとも近しい（ともすれば男だということが明らかになっているのではないかと不安になるくらい）

女房は、綾《あや》少将といって、父親が少将として宮中に勤めているのだという。

「よくおいでね。お兄さまの貴之さまとは、仲がお悪くていらっしゃるのに」

そう、と藤春は短く答えた。女言葉にも、まだ慣れない。

「この藤壺は、美人の女房が多いと評判だから」

いけしゃあしゃあと、綾はそのようなことを言う。

「女房たちを目当てにいらっしゃるのでしょうけれど。お気に召した者は、人妻でも平気で奪われるそうよ」

「そうなの……」

それは、ぞっとしない話だ。春宮に求められれば夫など離縁させられてしまうだろうし、果たしてそれは思いきれることなのか。それとも、ともすれば春宮妃になれるかもしれない好機に賭《か》けるのだろうか。

「綾は、美人だから。宮さまのお目に……」

「いやね、わたしには恋人《いいひと》がいるもの」

明るい声で、綾は笑った。

「いくら宮さまでも、あのような移り気なかたと取り替えようとは思わないわ。わたしは、誠実なかたが一番」

それがいい、と藤春は思った。そして同時に、貴之はどうなのだろうかと思った。藤春の知っているかぎり浮いた話はないけれど、恋人のひとりやふたり、隠しておくのは簡単なことだ。

「それよりもあなた、気をつけたほうがいいわよ」

そっと、綾はささやいた。

「藤壺に新しい女房が来たと宮さまが聞きつければ、きっとおいでになるわ。あなたを目的にね」

「そんなこと……」

自分が成晃に目をつけられると自惚《うぬぼ》れているわけではないが、男に押し倒されるのは、もううんざりである。それに、そうでなくとも人目を忍ぶ身だ。宮に目をつけられる、なんて目立つことにはなりたくない。

「まぁ、あなたは、すでにお手つきであるの、わたしは知っているのよ」

「どういう……？」

藤春が首を傾げると、綾はころころと笑った。

「貴之さまのお手つきじゃないの。この宮に入って早々、見せつけられたわよ？」

「……！」

女装姿で、貴之に抱かれたときのことだろう。いくら几帳や衝立で仕切ってあるとはいえ、宮はすべて筒抜けだ。そして藤春は、声をこらえることもしなかった。

(迂闊《うかつ》だった……けれど)

しかし藤春に、どうすることができただろう。貴之に抱かれて声を抑えることなどできるわけがない。それほどにあれは、めくるめく時間で——。

「噂《うわさ》をすれば、よ」

藤春は、はっとした。蘇《よみがえ》った思いを振り払い、檜扇に隠れた隙間《すきま》から、覗く。

「春宮さまだわ」

ざわ、と宮の中が賑《にぎ》やかになったのを感じる。藤春は慌てて膝をつき、部屋の端に移動した。衝立と几帳の中に隠れて、それでもここにいる目的を果たすため、耳だけはしっかりとそばだてる。

「宮さま、ようこそおいであそばしました」

少納言の声が聞こえる。それに重なって、怒鳴るような男の声がした。

「兄上はどこだ」

「ただ今は、おられません。出仕されて、まだお戻りではございません」

「出仕、などと」

男の声が、嘲笑《あざわら》った。春宮の成晃だろう。声に記憶があった。

「どうせ、どこかの女を口説いているのだろう。真面目《まじめ》に出仕しているかも怪しいものだ」

「まぁ、春宮さまったら」

ほほほ、と女房が笑っている。いったいなにに笑っているのか藤春にはわからないけれど、あれが社交辞令というものだろうか。

「まぁ、いい。兄上がおかえりになるまで、待たせてもらう」

「それでは、わたくしがお相手をいたしましょう」

少納言がそう言うと、いや、と成晃がにやりと笑った。

「聞いたぞ、新しい女房が入ったんだとな？」

「お耳が早くていらっしゃること」

呆れたように、少納言は言った。ふん、と鼻を鳴らして、成晃はあたりを見まわした。

「それも、ご自分の女に違いない。女房の中に隠すとは、見え透いた手だ」

自分を基準に、よくそれだけ人を貶《おとし》められるものだ、と藤春は呆れた。もっとも自分が女房たちの中に隠れているのは事実だし、そういう意味では彼の勘は正しいので、藤春もなにも言えはしないのだけれど。

「どこだ、新しい女房は」

「あれ、春宮さま」

少納言は、慌てる声をあげた。

「ご無体はなさいますな、入ったばかりの臆病《おくびょう》な者でございますから……」

藤春としては、いっそそのような者はいないと言ってほしいところだけれど、しかし成晃からなにか聞けるかもしれないという希望もないではない。藤春は少しだけ移動して、几帳の端から成晃に目を向けた。

「おお」

それを見逃す成晃ではなかったらしい。迂闊なことをしてしまったか、と焦燥したものの、もう手遅れだった。

「そなたが、新しい女房だな。名はなんという」

藤春は言葉に詰まった。そもそも男の声が露わにならないようにと極力話さないようにしている。おまけに名まで告げるなど、身の危険にほかならない。

「その者は、恥ずかしがり屋ですのよ、宮」

誰かが言ってくれたことに、ほっとした。

「あまりいじめないでやってくださいませ」

「いじめてなどいない。名を訊いただけだ」

膨れっ面をして、成晃は言った。

「名を訊くくらいいいだろう……それともその者は、口が利けないのか？」

「そういうわけではありませんけれど」

その場の皆が、藤春を見てくる。藤春の背に、冷たい汗が走った。目立たないように目立たないようにと努めてきたのに、これでは衆人環視だ。

成晃がどすどすと歩いてきて、藤春の目の前に立った。思わず見あげた成晃は、にやりと笑ってこちらを見下ろしてきている。

「名はなんという」

「……藤」

微かな声で、藤春は答えた。仕方がないとはいえ、これほど近くでは男だと露わになってしまうのではないか。見抜かれて、正体を暴かれてしまうのではないか。心の臓がやたらと大きく鳴って、落ち着かなくて、藤春は顔を伏せてしまった。

「藤のきみ、か。なるほど」

成晃はなおも笑みを濃くして、目の前にしゃがんだ。藤春はびくりとして身を引いたけれど、重い裳唐衣を身にまとっていては逃げられるわけがなかった。

「扇を退《の》けよ」

　重々しい口調で、成晃は言った。しかし顔など覗き込まれては、本当に男だと知られてしまうかも知れない。顔はほかの女人同様厚く粧《よそお》っているけれど、なにが男であることを示しているか知れない。

「言うことが聞けぬのか。退けよ」

「は、……い……」

　恐る恐る、藤春は檜扇を下ろした。そっぽを向いて成晃と目を合わせないようにとするものの、しかし彼は藤春の手首を摑んで、引き寄せてきた。

「あ、っ」

「愛《う》いやつ」

　成晃にささやきかけられて、ぞっとした。

「恥ずかしいのか？　よいよい、怖がることはない」

　まるであやすように言われて、怖気はますます増した。誰か助けてくれないかと思ったけれど、皆遠巻きにふたりを見ているだけで、近づいてこようとすらしない。

「私は、春宮だ。ほら、私も名乗った。怯《おび》えるようなことではないだろう？」

　猫撫《ねこな》で声で、成晃は言った。それにさらに恐ろしい思いをかき立てられながら、藤春はできるだけ成晃から視線を遠のける。

「なんだ、私がこれほど言っているのに、気に入らないのか」

ふいに成晃の声に怒りが混じって藤春は、はっとした。目が合った成晃は、その目に確かに怒りを孕んでいて、まずい、と藤春は思った。

「春宮の言うことが聞けない者には……そうだな」

手首を摑む力が強くなった。藤春はそのまま手を引かれてしまい、均衡を失って転んでしまう。ばさり、とまとった衣が音を立てた。

「この場で、恥ずかしい目に遭わせてやろうか？」

「宮さま、おやめください！」

誰か勇気がある者が叫んだけれど、成晃は構おうとはしない。藤春の腕を摑み直してその場に組み伏せる。

「や、ぁ」

なにを、と声をあげようとしたけれど、すんでのところで思い留《とど》まった。しかしうち伏せた藤春の体に成晃はのしかかってくる。手首を押さえて、もうひとつの手を腰に伸ばしてくる。

まわりは声を立てるばかりで、藤春を助けようという者はいない——仕方がない、入ったばかりの馴染《なじ》みのない女房と、春宮では、どちらの意に沿うべきかといえば言うまでもない。

（貴之、っ……！）

心の中で、そう叫んだ。しかしそれが届くわけがなかった。藤春はぎゅっと目を瞑《つぶ》る。皆の前で男だとばれてしまうのは、どれほどに恥ずかしいことだろう――。

「う、わ、ぁっ⁉」

あがったのは、成晃の叫び声だ。彼は鋭く声をあげたかと思うと、いきなり藤春の上に突っ伏してきた。しかもぐったりと、すべての体重をかけてくるのだ。

「な、なに……？」

「貴之さま！」

誰かが叫んだ。見れば目の前にいるのは貴之で、その手にはきらりと光る鍼が握られている。

「気を失わせました」

短く、貴之は言った。

「不埒な真似《まね》とは、許しがたい」

「貴之……」

思わずそう呟《つぶや》いてしまったけれど、癖になっている小声のせいで、貴之以外には聞こえなかったようだ。貴之は立ちあがると成晃を横に蹴《け》り、藤春の手首を摑んだ。

「きゃ、っ!」

「なかなか、堂に入っていますね」

にやりと貴之が笑って言った言葉は、やはり小声だった。彼は藤春を引きあげ、きちんと座り直させる。

「皆、知っていると思うが」

ふいに彼は、声をあげた。

「この、藤のきみは、私の大切な人だ」

まわりから、ため息が洩れた。まるで憧《あこが》れのきみでも、前にしているかのようだけれど——この藤壺の者たちにとって、貴之は憧れの存在なのかもしれない。

「こいつのような、不届き者に襲われないように、守ってやってくれ」

「かしこまりました」

少納言を筆頭に、女房たちが頭を下げる。彼女たちを見渡した貴之は、傍らに落ちていた檜扇を取りあげる。

「それは、藤のきみの」

そう言ったのは綾だった。貴之は彼女にうなずきかけると、藤春に檜扇を手渡した。

「あ……」

声が気になってそれ以上は言えなかったけれど、貴之はにっこりと微笑んだ。その表情があまりにも魅惑的で、つい見惚《みほ》れてしまう。

(貴之に、見とれるなんて)

物の怪の事件なんて、とんでもないことに巻き込んだ人物だ。愛想を振りまく必要などないのだけれど、藤春はついついつられて笑みを浮かべた。

「そのような顔をしているほうが、いい」

「は……」

貴之の言葉に、藤春は間の抜けた答えを返してしまった。なおも貴之は微笑とともに藤春を見ていて、そのまなざしを受け止めかねて視線を逸《そ》らせる。

(この男には……逆らえない)

藤春は胸のうち密《ひそ》かに、ため息をついた。

□

藤壺では身を潜めている藤春だけれど、目と耳は常に警戒している。

もちろん、実は男で、文章博士の最上夜藤春であることが露わにならないように、だから目立たないようにしているのだけれど、しかし藤春には任務がある。

雷鳴壺更衣の死因を探ること。進展が見られずやや苛立ちはじめたころ、ある噂を聞かせてきたのは綾だった。

「ねぇね、聞いた？」

彼女は、いささか息を切らしながら藤春にそう言った。

「麗景殿にお勤めの、ある女ぎみが孕まれたそうよ」

「……は？」

いきなりの話に、思わず聞き返してしまった。綾はもどかしそうに、それでいてこの旨について話したい、という表情を隠さずに、藤春の隣に座った。

「孕まれたのよ。お子ができたの！」

「誰の？」

藤春が首を傾げると、綾はけらけらと笑った。

「すぐにそういうことを訊いてくるあたり、目聡《めざと》いわね。もちろん、露わになってはいないわよ？」

そう言って綾は、声をひそめる。

「でもお相手は、春宮さまだというお話が、もっぱら」

それは、驚くべき話ではなかった。藤春はうなずき、綾はつまらなそうに「驚かないの？」と言った。

「そりゃあ……あのような目に遭ったあなたですものね、春宮さまの女癖の悪さは、おわかりだと思うけれど」

藤春はまたうなずいた。それを身を以《もっ》て、体験したばかりなのだから。

「お兄さまだけではなく、お母さまの宮の女房にも手をお出しになるのね。見境ないというか、誰でもいいのか、というか……」

呆れたように、綾は言った。それは藤春も同感である。

「誰でもいい、なんて言ったら、その女ぎみに失礼だけれど」

こほん、と咳払いをして綾は言った。

「でも、そうとしか思えない行為だわ。なんでも噂によると、お父上である帝の女房にも、お手をつけておられるらしいから」

「……帝の？」

綾の言葉に、思わず藤春は声を出した。綾は、不思議そうに藤春を見る。

「そう、帝の。畏《おそ》れ多いというにもほどがあるわ」

言って綾は憤慨しているようだけれど、藤春はある、別のことに思い及んでいた。

（帝の、女房）

藤春が考えたのは、もちろん雷鳴壺更衣のことだ。彼女は女房ではない——どころか妃だけれど、そんな相手に成晃はためらうだろうか。それどころか障害をものともせずに立ち向かう——父帝の妃を手に入れるために。

（そんなところで欲望を燃やすとは、成晃さまらしいけれど）

綾以上に呆れた気持ちになったけれど、しかしこれは藤春が潜入している理由に大いに関わりがある。母宮の女房を孕ませて平気でいられる男なら、父帝の女房——妃に対しても同じではないだろうか。むしろ父の妃を奪ったことを喜ぶ、そのような男だと藤春は見た。

「これ、紅祢《べにね》」

藤春は密かに声を立てた。背後に膝をついたのは、貴之の女童《めのわらわ》だ。藤のきみが女装した藤春であることも知っている。

「文の用意を。貴之に、文を」

「かしこまりてございます」

どき、どき、と胸が鳴る。これがこの潜入計画の糸をほどくきっかけになるかもしれない。そう思うと筆を取る手が震えそうになるけれど藤春は懸命に文章を綴《つづ》った。

「あら、貴之さまへのお文？」

綾が冷やかすように言ってきたので、驚いて筆を落としそうになる。

「い、いえ……」

「いいのよ、隠さなくて。あなたが貴之さまの恋人のひとりであることは、皆知っているのだから」

「そんな……」

藤春は恥じらうような仕草を見せたけれど、内心はどう反応していいかわからない。

『藤のきみ』が恋人であることが知れていて、いいのだろうか――しかしそのきっかけを作ったのは貴之なのだし、それを思うと本当に恥ずかしくなるけれど、藤春が気にすることではないはずだ。

（恋人の、ひとり）

綾の言葉が、蘇った。ほかにも貴之には恋人がいるのだろうか。いてもおかしくはない
――男でも、女でも。なんといっても彼は皇子なのだし、求める者は男女問わず多いだろう。

「藤のきみ？」

紅祢の声に、はっとした。つまらない感傷をはねのけ、文の続きに筆をすべらせる。畳んで結んで、紅祢に手渡した。

「貴之に渡してくれ。人目につかぬように、な」

「かしこまりてございます」

再びそう言って、紅祢は姿を消した。

その、夜。重い裳唐衣を苦労してからげながら、藤春は立ちあがる。仮にも女房がそのようなことをしているところを見られては、気がおかしくなったのではないかと思われるだろうけれど、刻《とき》と場所を狙ったとおりに、まわりには誰もいなかった。

「藤のきみ」

姿を現さない紅祢の声に従って、回廊を行く。藤壺の東には少し入り組んだところがあって、そこに射す月の光の中、貴之が立っていた。

「藤のきみ、ようこそ」

「ふざけるな」

裳唐衣姿のまま、藤春は呻いた。

「文は見ただろう？　あの、春宮だ」

「成晃ですか」

呆れたように、貴之は言った。

「あの弟にも困ったものだが……まさか、父上の妃にまで手をつけているとは」

「今光源氏、か……」

はっ、と藤春は息をついた。裳唐衣のままあぐらをかき、かぶりものがないことで落ち着かない頭をかきまわすと、そんな藤春を貴之が唖然と見ていた。

「なんだ」

「いや……、なんだか、倒錯的だな、と」

「ばかなことを」

貴之の言葉を一蹴《いっしゅう》して、そして藤春は顔をあげた。

「雷鳴壺更衣が遺した、大江千里卿の歌だ。『わか身ひとつの秋にはあらねど』……秋、つまり飽きられたのは、自分だけではない……」

「……腹には、子がいたのですね。成晃の」

ああ、と藤春はうなずいた。

「その子も見捨てられた、と、そういう意味なのだろう。ともすればそのことに絶望して、庭の池に身を投げた……？」

「ならば、成仏を願うのは雷鳴壺更衣だけではない、その腹の子も」

「腹の子を供養してもらわないと、自分だけでは成仏もできない、ということか」

「更衣でありながら、帝を裏切る羽目になったことも、自刃の原因でしょうね」

「不可抗力……というか、そもそも、すべて悪いのは春宮だけどな」

その事実に、帝は怒りはしないだろう。ただ自分の息子の魔手にかかった妃を憐れみこそすれ、憎しみはしないだろう。帝の雷鳴壺更衣への愛はその程度であり、更衣はそのことをも絶望して、身を投げたのだろう。

「なにもかもの元凶が、春宮とすれば。五条の物の怪のもとには、春宮を連れていくしかあるまい」

「どうするんですか？」

藤春は、貴之を見やった。そして小さく、咳払いをする。

「更衣は、それほど多くのことを望んでいるとは思えない」

「というのは？」

「春宮に、生まれなかった子を思いやってほしい……それが物の怪の、雷鳴壺更衣の願いなのだろう。当の春宮は、そのようなこと思いもしていないだろうけれどな」

「謝れ、ということですね」

ああ、と藤春はうなずいた。そこに紅祢が白湯《さゆ》を持ってきて、それをひと口飲み下しながら、藤春は続けた。

「あの春宮が、物の怪に謝罪などするか？」

「してもらわなくてはなりませんね。いまだ、都では目撃したとの話が広がっている。物の怪をこのままにしておけば、さらなる被害が広がることも考えられる」

「被害、って……？」

白湯を飲みながら、貴之はうなずいた。

「呪詛《じゅそ》をおこなう可能性もあるということです」

「呪《のろ》い……」

物の怪のおこなう呪いとは、どれほどに恐ろしいものなのだろうか。それを思うと、白湯も咽喉を通らない。

「ともあれ、これで私の役目も終わりだ」

ため息とともに、藤春は言った。

「この、裳唐衣ともお別れだ。せいせいする」

立ちあがった藤春を、貴之は見あげる。そのなにかを惜しがるような視線に、藤春は眉根を寄せた。

「なんだ」

「いやぁ……そのお姿は、たいそう見甲斐があったもので」

「ふざけるな」

貴之を睨みつけると、彼は肩をすくめて笑った。そこに聞こえてきた声に藤春は、はっとする。紅祢だ。

「春宮さま、ご無体はおよしくださいませ」

「うるさい！」

藤春は、貴之と目を見合わせる。そこに、どたどたとやってきたのは成晃だった。

「春宮さま……」

「藤。いや、本当はなんと呼べばよいのだ？」

上から見下ろす態度で、成晃は言った。

「そなた、まわりを偽って藤壺にいたな？　それは、その貴之の差し金か？」

そう言って成晃は、じろりと貴之を見た。貴之は、不機嫌そうな表情を成晃に向ける。

「貴之の恋人なのだろうが。どうだ、私に較替《くらが》えせぬか？」

「なにを言っている、成晃」

春宮を前に、畏れも知らぬ貴之はそう言った。

「そのようなことよりも、雷鳴壺更衣のことだ。おまえ、知らないとは言わせぬぞ」

「雷鳴壺……？」

成晃は、ふと考える表情を見せた。ここで「そのような者は知らぬ」とでも言えば、貴之は腰の太刀《たち》を抜きかねなかったのだろうけれど。しかしその前に、成晃が「ああ」と言った。

「あの、年増女か？　雷鳴壺更衣が、どうしたのだ」

「庭の池に、身を投げて儚《はかな》くなられた」

「……は？」

それは成晃にとって、初耳のことであったらしい。しかしこれだけ都で噂になっている物の怪のこと、また雷鳴壺更衣が消えたこと、恋人でありながら成晃は気づくこともなかったというのだろうか。

「あの女がか？　池に身を投げただと？」

成晃は、懸命に思い出すような仕草を見せた。

「そのような剛毅《ごうき》のある女だとは、思えなかったが。父上に悪いと言いながら、私の口説きにも簡単に応じた、尻軽《しりがる》ではあったが」

「そなた……！」

貴之が色めき立つ。藤春も、重い裳唐衣をまとっているのでなかったら、成晃に殴りかかっていたかもしれない。

「雷鳴壺更衣は、おまえの毒牙《どくが》にかかったことを恥じて亡くなったのだぞ？　よく、そのようなもの言いができるものだ」

「事実だ」

いけしゃあしゃあと、成晃は言った。

「それと、藤のこととどう関係があるというのだ。それとも貴之、おまえもあの女を狙っていたか？」

「私は、そんな非情な男ではない」

一緒にするな、と言いたげに貴之はそう口にしたけれど、彼のした『非情』をよく知っている身としては、素直にうなずけない。

「ほら、藤が、微妙な顔をしている」

成晃は、楽しげに言った。

「やはり私のもとに来たほうがいいのではないか？　私の恋人になれ。貴之よりも、よほどよい思いをさせてやるぞ？」

「ばかなことを言うな」

藤春を庇《かば》うようにして、言ったのは貴之だ。

「おまえのような……そうだな、おまえは雷鳴壺更衣を、尻軽と言った。おまえこそ尻軽だ。人のものにしか興味の向かない、変態め」

「誰が変態だ？」

ひくり、と口もとを引き攣《つ》らせながら、成晃が言った。

「そなたとて、女の尻を追いかけることにしか能がないではないか。この間まで恋人としていた、おまえの宮の女はどうした。確か、衛門《えもん》とか呼ばれていたな」

「……あの」

兄弟の口汚い争いを前に、藤春はいかに対応すべきなのだろう。とりあえず、口を挟めない以上ふたりの間に入るくらいはしなくては。藤春は、手を伸ばした。

「藤は、私がいただく」

「あ」

伸ばした手を、成晃に摑まれた。それは思いのほか強い力で、藤春はぎょっとした。

「なにを言っている。この者は、私のものだ」

「お、やめ……くだ……」

ふたりはそれぞれ、藤春の手を取る。両方から引っ張られて、眩暈《めまい》が藤春を襲う。

「離せ」

「おまえが離せ」

これではまるで、昔話だ。ふたりの母親がひとりの子供を取り合って、双方から引っ張ったという。

その争いは賢者がいなしてくれたというが、それではこの場は、誰が治めてくれるというのだろう。同時に「宮おふたりに取り合いされて、私が女だったらさぞ嬉しいことだろう」との思いも過《よ》ぎる。

（しかもおふたりとも、お姿だけは、とびきりの美丈夫でいらっしゃるからなぁ）

女たちが惑うのも無理はない、と思わないでもない。もちろん、だからといって帝の妃までをもてあそび、死に至らしめるのが「仕方のないこと」であってはならないはずなのだが。

「あ」

ふいと、貴之が手を離した。成晃はにやりとしたが、藤春は貴之が、きらりと光るもの

を懐から出したことに気がついた。

「春宮さま！」

とっさに藤春は声をあげたけれど、遅かった。貴之は取り出した鍼で、成晃の首の秘孔を突いていた。成晃が、ぐたりとその場に倒れる。頭をまともに床に打ちつけて、さぞ痛かろうと思ったけれど、当の成晃はそのようなことを感じている余裕はないようだった。

「まったく、見境のないやつめ」

貴之は侮るように言って、成晃の腹を蹴った。目が覚めはしないかと藤春ははらはらしたけれど、成晃は呻き声ひとつ立てない。

「師匠にまで手を出そうとは、いい根性だ。いっそこのまま、永遠に目が覚めないようにしてくれようか」

「え、それは……」

藤春は戸惑って、言った。

「そうしてもらいたいのは山々だが、それでは雷鳴壺更衣を祓えないではないか」

「ふふ、冗談ですよ」

そう言って、貴之はふいと藤春をまじまじと見た。視線がまっすぐにかち合って、思わず目を逸らしてしまう。

「師匠、私はこうやって、人の体を自由に操ることができるんです」

「……だから？」

彼が、なにを言いたいのかわからない。訝《いぶか》しく藤春が尋ねると、貴之はにやりと笑った。

「つまり、師匠をも好きにできるということですよ。その、頭が」

そう言って貴之は、藤春の額に指を置いた。

「私のことしか考えられないように……私の声にしか反応しないようにしてあげても、いいんですよ？」

「恐ろしいことを言うな」

ぎろりと貴之を睨んだつもりだったけれど、彼にはこたえていないらしい。にやにやと笑って、藤春を見ているばかりだ。

「おまえは……本気でそうしそうだからな」

「もちろん、本気ですよ」

しれっと、貴之は言った。

「あなたを閉じ込めて、私のことだけを考えるように……私の声と、手にしか反応しないように」

手にした鍼を煌《きら》めかせて、貴之はそのようなことを言う。思わずぞっとして身を震わせると、貴之はもうひとつの手で藤春の手首を取った。先ほど、成晃に摑まれたところだ。

彼は、手首に微かに残っている痕にくちづけをした。それにぞくぞくと感じさせられて、藤春は大きく身を震う。そんな藤春を見て、貴之はまた笑った。

「師匠、感じてる」

「ば、かな、こと……！」

そう叫んで、手首を引き寄せようとする。しかし貴之の力は強くて、藤春の腕は引き寄せられたままだ。

「は、なせ」

「離しません」

そう言って貴之は、なおもくちづけを落とす。

「その恰好も……悪くないですね。そうやって女装させたまま、閉じ込めておこうか」

「悪趣味……！」

憎々しく藤春が吐き出すと、貴之はなおも微笑んで、藤春を呆れさせたのだった。

第六章　更衣の葬送

　がたん、がたん、と揺れる糸毛車《いとげのくるま》の中には、三人の男がいた。

「私を、どこに連れていこうというんだ」

　不平を述べたのは、成晃だ。立て膝で座っている彼は、じろりと貴之を睨みつける。しかし彼は、涼しい顔をしたままだ。

「しかも、男ばかりでぎゅうぎゅうと……せめて、女房のひとりでも連れてくればよかったのに」

　成晃の目の前にいるのは、藤春だ。しかし今は烏帽子《えぼし》をかぶり袍《ほう》をまとっている藤春が『藤のきみ』であることに、成晃は気づいていないらしい。

　ぶぅぶぅと苦情を連ねる成晃を、車は運んでいく。あらかじめ牛飼童《うしかいわらわ》に申しつけておいたとおり、五条の橋のたもとで停まったのを訝しんでか、成晃は物見窓からあたりを見た。

「どこだ、ここは？」

窓からは、夜の暗闇《くらやみ》が流れ込んでくる。成晃は、気味悪そうに顔を歪《ゆが》めた。

「貴之、ここはどこだというのだ」

「五条の橋だ」

貴之の言ったことに、成晃はぎょっとしたようだった。鼻であしらった雷鳴壺更衣のことを、思い出したのだろうか。

「ここで、降りてもらうぞ」

「ま、待て。待て！」

見苦しく、成晃は抗《あらが》った。

「このような時間に、このような場所で……物の怪が現れぬとも限らぬではないか！」

「もちろん、物の怪に会ってもらうのだ」

容赦なく、貴之は言った。

「春宮でなければ、叶わぬお役目だからな……さぁ、降りた降りた」

貴之は成晃の尻を蹴り、成晃は痛いだの恐ろしいだの、さまざまに不平を述べながら、ようやっと車から降りる。貴之に続いて、藤春も降りた。

「……っ！」

橋に近づくごとに、予想どおり藤春は激しい頭痛に襲われた。以前来たときよりも、瘴《しょう》気《き》が濃い。雷鳴壺更衣の物の怪も、人ならぬ姿になっても求めている相手——成晃がやってきたことに気がついたのだろう。

「師匠、大丈夫ですか」

貴之が寄り添ってくれたけれど、しかしまるで頭が割れるような痛みは治まらない。

「あ……」

しかし、首の後ろになにか刺激があった、と感じたのと、波が引くように痛みが治まったのは同時だった。

「貴之……？」

「もう、大丈夫です」

いろいろと油断のならない男ではあるけれど、この点だけは信用してもいい、と思っている。鋮の腕だけは確かな男の腕に縋《すが》って立ちあがると、成晃が女と対峙《たいじ》している姿が目に入った。

「雷鳴壺更衣……」

ごくり、と藤春は息を呑んだ。雷鳴壺更衣は、物の怪とは思えない清廉《せいれん》な姿だった。茜《あかね》色、丸文様の裳唐衣姿のままなのは興醒《きょうざ》めだけれど、相手は物の怪なので仕方がない。しかし逆に、衣がそのままであることに、それがまさに雷鳴壺更衣であることがわかったのだ。

「おまえ……、顕子《あきこ》！」

成晃が叫んだ。仮にも女人の真名を大声で知らしめるとは感心できたことではないけれど、場合が場合であるのでどうしようもないと、目を瞑ることにする。

「顕子……なぜ、ここに」

しかし、雷鳴壺更衣はなにも言わない。ただ恨めしげな目でじっと、成晃を見つめているだけだ。

「なぜ、なにも言わぬ。なにか言え……！」

「成晃。あれは、物の怪だ」

彼の耳もとで、貴之がそっとささやいた。成晃は彼を振り返り、その顔は、目が大きく見開かれている。

「物の怪……？　あれほど、はっきりと見えるのにか？」

「はっきりと見えるのは、おまえの業が深いせいだ」

貴之の言葉に、成晃の目はますます大きく見開かれた。そんなふたりのもとへ、雷鳴壺更衣は一歩、近づいてくる。

「さぁ、まっすぐ、かの妃を見るのだ。おまえの罪のほどを、自覚しろ」

「うわぁ、ああ、ああ、あ！」

雷鳴壺更衣のほうを見やって、成晃は大声をあげる。黙って、恨みがましい目をして立っているその女が、かつて自分がもてあそんで捨てた女だということを、ようやっと自覚したのかもしれない。

「悪かった、私が悪かった！」

成晃の声は、あたりに響き渡った。しかしその実《じつ》のない言葉は、目の前にいる雷鳴壺更衣の耳にも届かなかったらしい。彼女はなおも、今にも涙がこぼれ落ちそうな目でじっと成晃を見やっている。

「悪かったと……謝っているではないか！　なぜ、そのような目で私を見る！」

「おまえの言葉に、真実がないからだ」

ぴしり、と貴之が言った。

「心からの謝罪か、それは？　違うだろう。目の前の恐ろしい状況から逃れたがっているだけだ」

成晃は、大きく肩を震わせる。貴之の言ったことは図星であったのだろう。

「どう、すればいいのだ……」

「謝れ。雷鳴壺更衣に。心の底から、死に至らしめたこと……もてあそんで子を孕ませ、その子ごと捨てたことも。その身分にも似合わぬ、あまりにも愚かしいおこないをなしたこと、すべてを謝るのだ」

「悪かった！」

震える声で、成晃は言った。

「謝る、このとおりだ！　そなたをもてあそんだつもりはなかった……ただ、そなたが父上の妃だったから」

藤春は思わず、呆れた息をついた。父帝への反発心から、その妃に手をつけたというのか。もっともこの男は、そこまで深く考えてはいないのだろうけれど。

「あ」

ゆらり、と女の姿が動いた。今までじっと成晃を見つめるだけだった雷鳴壺更衣に、変化が現れたのだ。

「……仕方の、ないかた……」

それは低く、あたりを震わせる、怖気の走るような声だったけれど、確かに女の声だ。それが雷鳴壺更衣の——物の怪としての——声だったのだろう。

「本当に……まるで甘えたな、童のよう……」

確かにそのとおりだ。そして雷鳴壺更衣も、成晃を息子のように愛していたのだろう。

その愛が性愛に変わり、情を交わす仲になったのは、更衣の愛情の深さゆえか。

それだけ情の深い女人だったからこそ、成晃を包みきれないことに絶望して、死んだのかもしれない――更衣は、なにも悪くなかったのに。悪いのは、多情で考えなしで、人でなしだった成晃のほうなのに。

「悪かった……」

成晃が泣いていることに、藤春は気がついた。驚いて貴之を見ると、彼も目を丸くしている。それが空涙なのでなければ（もっともあれだけ怯えていて、空涙を流す余裕があるとは思えないが）確かに物の怪となった更衣に伝わる、心からの謝罪であるに違いない。

「悪かった。許してくれ……もう、私の前に現れないでくれ！」

泣きながらもなお、自己中心的である彼に呆れたけれど、しかしそれが成晃の本音なのだろうし、雷鳴壺更衣も、成晃の本当の心を知るまで成仏することはできなかっただろう。

「わかりました……」

更衣は、やはり怖気を感じさせる声で、そう言った。そしてひとしずく、涙を流した。

「あなたの、お心は。あなたが不実なかたであるとわかっていても、わたくしは……」

そして更衣は、ふるりと身を震う。藤春は、思わず声をあげそうになった。その姿が、だんだんと薄くなっていっている。

「あ……」

成晃は濡れた地面のうえにひれ伏している。貴之はその様子を見やり、藤春はその傍らに立っていた。その目の前で更衣はだんだんと姿を消し、そして葉からしたたる露のようなひとしずくとなって、完全にいなくなった。

「は、……っ」

藤春は思わず、その場に座り込んでしまった。成晃はまだ怯えたままひざまずいているし、さすがの貴之も肝を抜かれたかのようだ。

更衣の消えたあと、恐ろしいほどの沈黙が流れた。藤春はただただ目を見開いてその場を見ていて、貴之に促されるまで、まるで魂を奪われてしまったかのようだった。

「成晃、いつまで泣いている」

そう言って、貴之は成晃の袍の後ろ衿を摑んだ。吊《つ》り下げられる間抜けな恰好の成晃は振り返り、その顔が涙と鼻水でどろどろなのに、藤春は思わず笑いそうになった。

「おい、しっかりしろ。更衣は、もう消えたぞ」

「うっ……、ぐす……ぐす……、ひっく」

「いつまでも、ぐずぐずしているな」

ぐちゃぐちゃと汚い音を立てながら成晃は目を擦り、そして藤春に視線をやって、はっとした顔をした。

「……そなた、藤のきみか」

「こんな状況でも、女のことしか考えていないんですか」

藤春は呆れたけれど、成晃は雷鳴壺更衣のことなど忘れたかのように、洟《はな》を啜りながらまじまじと藤春を見やってくる。

「このことを探るために、女人の恰好をして藤壺に潜入していたのか？　藤のきみほどの女人なら、そのようなまどろっこしいことをせずとも、私に訊けばすぐにでも教えてやったのに」

女好きで後先を顧みない愚か者ではあるが、勘は悪くないらしい。藤春が女装していた理由を違《たが》わずそう推測して、藤春を絶句させた。

「そ、そのついでに押し倒されるのは、ごめんです！」

成晃が男色もいける口であるのかはわからないが、なにせあの貴之の兄弟である。用心するに越したことはないと、藤春は警戒心を高めた。

「私は、男には興味ないぞ？　そこの、藤壺の宮とは違ってな」

すっかりと気を取り直したらしい成晃は、皮肉めいた表情で貴之を見やった。

「藤壺の宮は、男も女も嫌わぬ口でな。今までの恋人たちは、まこと、色とりどりであったぞ？」

「なぜ、おまえがそのようなことを知っている」

ぎゃあ、と成晃が悲鳴をあげた。貴之が彼の足を踏んだらしい。藤春は、呆れてふたりのやりとりを見ている。

「それはもう。そなたほど色恋関係の派手な者を、私は見たことがない」

「父上の妃に手を出す輩《やから》に、そのようなことを言われたくはない」

そこで貴之は藤春の視線に気がついたのか、慌てたように咳払いをした。

「そうはいっても、それもこれも過去のことだ。今の私は、藤春だけを愛している」

そのように言われて、思わず頬が熱くならないでもなかったけれど。しかし今までの貴之の『色とりどりの恋人関係』を振り返ると、眉根に皺《しわ》が寄ってしまう。

「藤春とは、藤のきみのことか？」

なんだ、というように成晃が尋ねてきた。

「しかしいくら寵愛《ちょうあい》していても、男では妃にできぬ」

「そのようなこと」

そう言う成晃を嘲笑うように、ふん、と貴之が鼻を鳴らした。

「私がその気になれば、今すぐにでも師匠を孕ませる」

「ば、っ……！」

なんということを言うのか――藤春の頬は盛大に熱くなり、両手をばたばたと大きく振った。

「ななな、なんということを、言うんだ！」

「私は本気ですよ、師匠」

きらり、と目を輝かせながら、貴之が言う。

「おまえが本気でも、私にその気はない！　誰が孕むか、誰が！」

「なんだ、貴之。おまえはおまえで、師匠に手を出しているのか」

呆れたように言うのは、成晃だ。

「私のことを言えないではないか。しかも師匠で男とは、なかなかに高雅な趣味だと褒めてやろう」

「恐悦至極」

皮肉たっぷりの口調で貴之はそう言って、そして挑戦的な視線を藤春に向ける。

（う……）

そのまなざしを前に、藤春はまるで四肢を固定されたような気持ちになった。ともすれば貴之が、鍼を打ったときになにかの技を仕込んだのかもしれない。

（本気で、孕ませられる……！）

果たしてこの先、自分はいったいどうなってしまうのか。

（不安しかない……）

まるで竹籠《たけかご》にとらえられた虫のような心地とともに、藤春はやいのやいのと言い合う貴之と成晃の姿を見ていた。

第七章　陰陽師

それにしても、気になっていたのです、と貴之は言った。

「どうして、陰陽師をお嫌いになるのですか？」

もたれかかっていた脇息《きょうそく》から身を起こし、藤春は貴之に顔を近づけた。盛大に眉をひそめてみせると、貴之は笑って首を傾げた。

「どうしてなのですか？」

「……昔」

話さないと貴之は離してくれそうになかったので、しぶしぶ藤春は思い出したくない記憶を掘り起こしはじめた。

「やはり、頭痛が酷かったんだ。両親は陰陽師を呼んだ……」

「まぁ、当然の行為ですね」

貴之がうなずく。しかし話していると、また頭痛が蘇るような気がした。

「その陰陽師に……不埒なことをされた」

「え」

貴之は、盛大に表情を歪めた。まるでその話が、つい昨日のことであったかのようだ。

「昔の話だ」

「わかっていますよ」

不服そうに、貴之は言った。

「昨日今日の話でしたら、私が黙っていません」

いったいなにをするつもりなのだろうか。これが『昨日今日の話』ではなくてよかったと、藤春は思った。

「それで？　不埒な真似とは、なんなのです」

「体の、あちこちに触れられた」

憮然《ぶぜん》とそう言う藤春を、貴之はじっと覗き込んできた。

「……どこを？」

「どこだっていいだろう⁉」

妙な興味を見せる貴之にそう言い置いて、藤春は咳払いをした。

「それだけではない。私の額に、くちづけたのだ」

「それは……」

貴之は絶句した。どういう意味でそのような態度を取ったのかはわからないけれど、藤春にしてみれば怖気立つような、言うもおぞましい記憶なのだ。

「許せませんね」

「ああ、あのような幼子に……」

「私の師匠に、触れるとは」

藤春は思わず、まじまじと貴之を見た。

「私の、幼いころの話だぞ？」

「いつの話だろうと、師匠は私のものです。私以外が触れるとは、許せません」

「誰が、誰のものだって……？」

貴之を睨みつけると、彼は涼しい顔をして藤春を見ている。そして、うんとうなずいた。

「まぁ、その陰陽師も、師匠の魅力に逆らえなかった……というところでしょうね」

「だから、幼いころの話だというのに」

「幼いころから、師匠はうつくしかったに違いないから」

貴之はそう言って、また藤春を絶句させた。

「それは、ともかく」

自分で話をかきまわしておきながら、貴之はそんな言葉とともに咳払いをした。

「その、くちづけのとき。陰陽師は師匠に第三の眼を植えつけた。そう見ていいでしょう」

「やはり、そうなのか……？」

「もちろん、生まれつき第三の眼を持つ者もいます。けれどそういう者は、幼いころからその眼の使いかたを知っているものだ。師匠は、あまりにも知らなさすぎる」

「悪かったな」

軽く頬を膨らませて藤春が言うと、そういうことではなくて、と貴之が、珍しく弁解する様子を見せた。

「ともかく、その陰陽師に話を聞いてみなければならないですね」

話をまとめるように、貴之はそう言った。

「今さら、その陰陽師が見つかるかは、わかりませんが」

「両親に訊いてみれば、あるいは」

「そうだといいのですけれど」

貴之は、考え込む素振りを見せた。幼いころの経験以来、陰陽師というものには一切関わってこなかった藤春に、ほかにあの者の行方を知る方法があるはずもない。

北の対の母親のもとに文をやって、半刻ほど。女童が返信の文を持って現れた。

「母御は、なんと？」

「……」

藤春は、一枚きりの薄い紙の素っ気ない文を、ぺらりと宙に踊らせた。

「ははぁ、そのようなこと、覚えておられぬと」

「いったいいつの話をしているのかと、叱《しか》られたよ」

叱られるようなことではなかろうといささか怒りを感じないでもなかったけれど、これがまっとうな人間の反応というところだろう。

「では、まったくの出発点で、私たちは足踏みをしていると」

「そういうことになるな」

物の怪が原因ではなく、頭痛がしそうだ。まるで雲を摑むようなこの話、いったいどこから手をつければいいのだろう。

「目には目を、です」

だから貴之がそう言ったことに、藤春は目をぱちくりとさせた。

「なんだ、それは？」

「渡来人の書物に、そんな言葉がありました。目には目を、歯には歯を。陰陽師には、陰陽師を、です」

「その言葉は、本当にその使いかたでいいのか？」

「さすが、文章博士」

貴之はそのようなことを言って、にやにやと笑っている。どうにもからかわれている感覚が否めないのだけれど、こういうことに関しては貴之のほうが上手《うわて》なので、よけいな口は挟まないでおく。

「なにはともあれ、その陰陽師を捜しに行きましょう。陰陽師のことは、陰陽師に訊けばわかるでしょう」

「そういう意味なら、そう言えばいいのに。まどろっこしいやつだ」

不平を込めて藤春が言うと、貴之はにやりと笑った。まったく、食えない男だ。


貴之の心当たりに、東市の近くに居を構えている陰陽師がいるという。

「わざわざ東市にまで行かずとも、宮廷の陰陽師の誰かをつかまえて話を聞けば、早いのではないか？」

「宮廷の陰陽師と、市井の陰陽師では、管轄がまったく違います」

なにも知らない藤春に説明するように、貴之は言った。

「師匠のお話を伺ったかぎり、その陰陽師は市井の者でしょう」

「なぜわかる」

大通りを歩きながら、貴之はにわかにいやな顔をした。

「その陰陽師は、師匠の体に触れたということで」

その話を蒸し返して、いやな思いをするのは藤春のほうだ。なぜ貴之がそのような顔をするのだ。

「宮廷詰めの陰陽師がそのようなことをしては、もし師匠やご両親が触れまわったらどうなります？　身元はすぐに明らかになるし、貴なる御身に不埒な真似をしたということで、下手すると宮廷追放ということにもなりかねません」

「市井の陰陽師だと、その心配はないのか？」

「そもそも追放される基盤がありませんし。多少の不評があがったとしても、名を替え住まいを替えればいいこと」

そう言って、貴之はため息をついた。

「師匠のご両親は、なぜそのような者をお使いになったのでしょうね？」

「なんでも、都で評判の陰陽師だ、と言っていた」

記憶を辿《たど》りながら、藤春は答える。

「私の症状が、あまりにも酷かったので……とにかく評判のいい者を、ということだった、ように記憶している」

「その評判のいい者に、不埒なことをされていては、世話ないことですが」

貴之は怒りを隠さずにそう言った。

「となれば、市井の者から聞けばいいことでしょう。もっとも手詰まりになれば、宮廷の陰陽師に話を聞くこともやぶさかではないですが」

市井の陰陽師、とはどのような者なのだろうか。髪や髭《ひげ》も伸び放題、山ごもりの僧のような姿をしているのではないか、と藤春は独り勝手に想像した。

「この先が、その陰陽師の住まう場所です。安倍《あべ》の名を名乗っているということで、陰明《いんめい》、というそうですが」

「本気なのか、その名は」

安倍とくれば、誰もがかの高名な陰陽師を思い浮かべるだろう。かの者が晴明《せいめい》だったから、自分は陰明。その名からして、怪しい気配しか感じないのだけれど。

「本気らしいですよ。本当に晴明卿の血を引いているのかは知りませんが、その名で客が集まる」

ここです、と貴之が粗末な小屋を指さした。ただ何枚かの板を打ち合わせてあるだけである。庭もなく、遣《や》り水も池も馬場もない住処《すみか》など、藤春ははじめて見た。

「このような場所に……陰陽師が？」

「私の、堀川の隠れ家も同じようなところだったではないですか」

いくら貴なる身分とはいえ藤春が市井に馴染まず、皇子である貴之のほうが慣れているというのは、奇妙な話である。にわかに藤春は、物慣れない自分を恥ずかしく感じた。

「あのときは……夜だったから」

言い訳のようにそう言って、藤春は貴之をちらりと見る。貴之も藤春の視線の意味に気がついたらしく、それ以上はなにも言わずに陰陽師の住処の正面に立った。

「御免！」

彼がいきなり大声をあげたので、藤春は驚いた。これが、市井の挨拶《あいさつ》の方法なのだろうか。そういえば文の一通も寄越した覚えはない。

「いるんだろう？　陰明とやら、戸を蹴り開けるが、いいか？」

「貴之、そんな、乱暴な」

藤春は焦燥したけれど、貴之はなおも、まるで敵地に赴くような様子で声をあげている。

「安倍陰明！」

「……うるさい」

貴之の声の合間に、ぼそりとした返事が聞こえた。聞き逃さなかったのは僥倖《ぎょうこう》だ。

「往来で、我が名を叫ぶのは誰だ？　近所迷惑だろうが」

「近所迷惑？」

その言葉に藤春は思わずまわりを見まわした。確かに、隣の小屋まで隙間はほとんどない。貴之の叫声は、隣にもさらに隣にも響いていることだろう。

今まで聞いたことのない言葉だったので、藤春はそれを新鮮に感じた。そんな彼と貴之の前、のそりと現れた影がある。その姿が記憶にあるかと藤春は緊張したけれど、どうにも見覚えはない。

「誰ぞ」

「ああ……、佐須貴之という」

貴之は、大学寮で使っていた名を、咳払いとともに言った。

「こちらは、最上夜藤春。私の、師匠だ」

「ほぉ」

現れた男は、藤春の想像していたような山男ではなかった。髪を結いあげ烏帽子をかぶり、浄衣をまとっている。なるほど、確かに陰陽師らしく見えた。

「その、師弟のふたりが、我になんの用ぞ」

「訊きたき儀があって、まいった」

どこか慇懃《いんぎん》無礼《ぶれい》に、貴之は言った。陰明は、むっとしたように貴之を見る。

「客か？　客なら、出直せ。今は祈りの最中じゃ」

「こうやって出てきたのなら、中断しても構わない祈りなのだろう？　いいから、話を聞かせろ」

「おい、貴之」

藤春は焦燥した。貴之はなぜ、こうも攻撃的に話すのだろう。これでは喧嘩を売りに来たも同様ではないか。

（……ああ）

その理由に思い至って、藤春は呆れたため息をついた。貴之はこの者が、藤春に不埒な真似をした男だと思っているのだ。そう思うと貴之をかわいいと思う気持ちも浮かばないではないが、しかし今はそれどころではない。

陰明は、じろりと貴之を見やった。そして貴之では話にならぬと思ったのか、藤春に視線を向けた。

「雁首揃《がんくびそろ》えて、話とはなんだ」

「わ、私たちは、ある陰陽師を捜している」

いきなり矛先が自分に向けられたことに、やや慌てながら藤春は言った。

「もう、二十年近く昔になるが……ある邸宅に招かれた陰陽師だ」

「二十年？」

陰明は、ただでさえ寄せられていた眉根をますます険しくした。

「そのような昔のことが、わかるか。その者の名はなんという？」

「そこまでは……」

藤春が言葉を迷わせると、陰明はふんと鼻を鳴らした。

「名もわからぬ、大昔の陰陽師のことなど。我はわからぬ」

「しかし、貴なる邸《やしき》に招かれるような陰陽師だったのだ」

貴之が、声を挟んだ。

「名くらい残っているだろう？　いいから、おまえの知っている陰陽師の名をみんな挙げてみろ」

「面倒なことを」

陰明は本気で面倒だというようにそう言って、ふたりの目の前で戸を閉めようとする。

「ちょっと待て、おい！」

そもそも陰明の態度の悪さは、貴之が高慢な口を利くからだと思うのに。その理由が藤春にあるにせよ、陰明には（おそらく）関係のないことだ。

「なんだ。我は、おまえらの相手をする気はない」

「私が、皇子だといってもか！」

いきなり貴之がそのようなことをわめいたので、藤春はぎょっとした。そのようなことを、この往来で叫んでいいものだろうか。

陰明は、その陰鬱《いんうつ》な目をぎょろりと動かした。

「ほぉ、皇子とな」

「ここですぐに証立《あかしだ》てはできぬが……御所にまいれ。そこでは誰でも、私のことを知っている」

陰明は、なおも疑うような目を貴之に向けていたが、はっと大きなため息をついた。

「嘘だと笑うのは簡単だが」

慎重な口調で、彼は言った。

「仮に、もし、それが本当だったとして」

「本当だ！」

「のちのち、面倒なことになるのは御免こうむりたいからな」

「賢明だな、本当のことなのだから」

なおも疑う表情のまま、陰明はふたりを小屋の中に招き入れた。中では仄《ほの》かにかぐわしい香りがしていて、祈りの途中であったのは本当のことだと思われた。

「そこいらに座れ」

自分は、粗末な円座の上にどかりと腰を下ろして、陰明は言った。

「して、なんだ？　二十年前の陰陽師の話か？」

どこに座ろうかと迷う藤春を目で追いながら、陰明は言った。

「知らぬことは知らぬぞ。こう見えても、まだ三十路《みそじ》には行っていない」

「そうなのか」

貴之が驚いた声をあげ、そんな彼を陰明はじろりと見た。

「しかし道の修行は、童のころからおこなっておる。そのころに、都を賑わわせていた陰陽師となれば、あるいは」

「第三の眼を植えつけるような力のある、陰陽師だ」

貴之の言葉に、陰明はぴくりと眉を動かした。

「額にくちづけただけで、第三の眼を生じさせることができるような陰陽師となれば、数は限られてくるのではないか？」

「……そうさな」

陰明は、考え込む様子を見せた。そのさまを、藤春は固唾《かたず》とともに見つめる。

「力のあった陰陽師……都の噂になるような陰陽師なら、幾人か覚えていないでもない」

持ってまわったようなもの言いが、もどかしい。藤春は、しきりに先を急《せ》かした。

「まぁ、待て。今、記憶を掘り起こしておるところだ……」

目を閉じ、藤春たちに焦《じ》れったい思いをさせる陰明は、永遠にもなろうかと思うような長い時間黙ったあと、ようやっと口を開いた。

「昔、ある陰陽師がいた」

このあと長々と、昔話がはじまるのか。藤春はいささかうんざりして貴之を見、すると彼も同じような顔をしていた。

「男だったが、女に見間違うようなたおやかな顔と体をしていた。それを利用して女の装いをして、後宮の女人たちに取り入り、競う相手を呪い殺すようなことをしていたらしい」

「そのようなこと、陰陽師の人倫に反するのではないか」

「表向きはな」

そのような話をする陰明は、その怪しげな名とは裏腹に、まるで本物の陰陽師のようだった。

「しかし、今でもそのような仕事を請け負う陰陽師は多数いる。なにしろ人間は、人の不幸を願いこそすれ、幸福を願うようなことはないからな」

それは確かにそうだけれど、と藤春は胸が悪くなるような思いだった。人を呪い殺すなんて、恐ろしいことだけれど——そのような願望がある人間も、少なからずいる。

「名は……確か、藤、といった」

「藤、だと？」

後宮の藤のきみ、といえば、藤春の偽りの名前でもあった。そしてその名を、藤壺の女房は「大切なお名を」と言っていたのだ。

藤春は、貴之を見た。彼は驚いたように目を見開いている。

「二十年前……後宮で、藤と名乗っていた女房、だと？」

「ああ、そうだな」

陰明は、貴之の動揺など構いはしない、というように淡々と言った。

「その陰陽師が、おまえたちの捜している者ならな。それとも、ほかの陰陽師の話をしようか？」

「いや、待て。その、藤という女……いや、男なのか。その者は、今どこに？」

「そのようなこと、我が知るか」

　吐き捨てるように、陰明は言った。

「しかし、あのころすでに厄を迎えていたはず……それ以来話を聞かぬというのは、山にでも入ったのではないかな」

　出家した者や、世をはかなんだ者が入る山といえば、いくつか心当たりがある。陰明の推測は藤春たちにも納得できるもので、藤春はうなずいた。

「だから、今も生きているかどうかはわからぬ。藤について我が知っているのは、それだけだ」

「念のために、訊いておく」

　貴之はそう言い、陰明が知っているというほかの陰陽師の話もさせた。しかしどの話を聞いても、藤春には最初に聞いた『藤のきみ』が、自分に第三の眼を植えつけた者だという気がしてならないのだ。

「言い忘れている者があるかも知れぬが、これで我が知っている……昔話はすべてだ」

　ため息とともに、陰明は言った。

「どうだ？　これでも、まだ納得ゆかぬか？」

「いいや、充分だ」

なにごとかを考えている様子で、貴之は言った。

「参考になった。礼を言うぞ」

「なんの」

そこで陰明は、はじめて笑みを見せた。にやり、となにかを企《たくら》んでいるような表情だ。

「おまえが真実、皇子なのなら、我を宮廷に紹介してくれると助かるな」

「その程度で礼になるのなら、いくらでも」

そういって貴之は、陰明に紙と筆を出させる。がさがさの分厚い、質の悪い紙に彼はさらさらとなにかを書いた。

「これを持って藤壺を訪ねろ。私がおらずとも、少納言という者を呼べば、いくらでも仕事にありつけよう」

陰明は、貴之が皇子であるということを心の底から信じてはいなかったらしい。書きつけを手に、目玉が飛び出るほどに驚いた顔をしている。

「師匠、行きましょう」

薄暗い小屋から外に出ると、夏間近の陽射しが眩《まぶ》しかった。目の前に手をかざして陽の光を遮りながら、藤春たちは歩き出す。

かった。
「そうだな」
藤春は答えたけれど、自分の声がいささか歪んでいることに気づかないわけにはいかな
「藤のきみ、ですね」

かった。

貴之は、堀川小路に足を向けた。彼の隠れ家に行くのだと察して、藤春もそれに倣う。

確かにこのような話は、後宮ではしにくかろう。

「しかしいまだ生きているかどうかはわからない」

「生きていることを、願っていてくれ……」

額を押さえながら、藤春はため息をついた。二度目の訪《おとな》いとなる堀川小路の別邸は、皇子の住まいとしては手狭ではあるが、こうして見ると陰明の小屋などとはまったく違う。

出てきた小童に案内されて、奥の間に通された。

「その者が見つかりさえすれば、私のこれも……なくなるのだろう？」

「そう上手くいくかどうかはわかりませんが、少なくとも手がかりは得ました」

小童の運んできた清水に口をつけながら、貴之はため息をつく。

「行ってみなくてはいけませんね、早々に」

「その者は、おまえの慕わしい相手であるかもしれないのだろう？」

さりげなくそう言ったつもりだったけれど、口調が刺々《とげとげ》しくなっていたかも知れない。

貴之は驚いたように目を見開き、藤春を見た。

「……そのようなことを、お考えだったのですか？」

「少納言が言っていたではないか。藤のきみ、とは、大切なお名を、と」

「童のころの話ですよ？」

「童だろうがなんだろうが、おまえの恋しい相手だったことには変わりない」

貴之は驚いた顔をしていた。ややあって、それはにやりとした笑みに変わる。

「お気になされていたのですか」

「別、に」

視線を逸らしてそう言ったけれど、これではまるで、拗《す》ねている童だ。そんな自分を恥ずかしく思いながらも、しかし『藤のきみ』の正体がわかってしまえば、黙っていられない感情が湧《わ》きあがるのも無理はないと思った。

「師匠」

ずい、と貴之が近づいてくる。いきなり背に腕をまわされ、抱きしめられて驚いた。

「な、にを」

「昔のことは、昔のこと。今は今。……それではいけませんか？」

「と、うぜんの、ことだな」

抱きしめられていては、心の臓の鼓動が伝わってしまうだろう。それがいやで、逃れようとしながら、しかし貴之の力に逆らえないでいる。

「今の私が慕っているのは、師匠だけですよ？」

「恥ずかしいことを、言うな」

「師匠以外には、誰も目に入らないのに……」

顎《あご》をとらえられ指を絡められ、唇を重ねられる。濡れた感覚にびくりとし、すると煽るように舌が挿り込んできた。

「ん、ん……、っ……」

「師匠」

唇を重ねたまま呼びかけられて、その振動が体中に響いた。藤春の身は慣れた快楽を感じ取って反応しはじめ、思わず熱い息が洩れた。

「っあ……、ああ、……っ」

貴之の手が、背をなぞりあげる。薄い布でできた直衣《のうし》越しに、彼の大きな手が感じられる。それにたまらなく感じさせられて、藤春はこらえきれない声をあげた。

「ふふ、いい声」

艶めかしい声で、貴之がささやく。それにびくんと反応してしまい、ますます彼の笑いを誘い出してしまう。

「おまえの、せいだ……」

押し殺した声で、藤春は呻いた。

「おまえが、こんな……時間、から」

「こんな時間なのが、いいのではありませんか」

貴之は、また笑った。

「秘めごと、という気がするでしょう？　誰にも知られてはいけない、師匠との……」

「言、うな」

ひくり、と咽喉を鳴らしながら、藤春は呟く。

「そのような……淫らな、こと」

「淫らなことを言われると、師匠は……感じるんですよね？」

愉しげに貴之は言いながら、藤春の腰帯を探り出す。ぎゅっと引っ張られて。衣服が緩められるのをたまらなく恥ずかしく感じた。

「好きです、師匠」

舌を絡めながら、彼はささやく。

「ずっとずっと……これからは、師匠だけだ」

「これからは、な」

言葉尻をつかまえてやると、困ったように貴之は笑った。

「意地の悪い」

「おまえが……移り気なのが、悪い」

藤春の言葉は、最後まで形にならなかった。舌を吸われて感じさせられ、たまらない感覚が背を走ったからだ。

「あ、あ……、っ、……あ、あ！」

「薄着ですね、今日は」

緩んだ袴に手を差し入れながら、貴之は艶めかしい声で呟く。

「こうするの……考えていた？」

「ち、が……！」

思いもしないことを言う貴之に、藤春は焦燥した声をあげる。

「私に抱かれること、考えていたんじゃないんですか？　期待していた……？」

「違う、……っ、ん、な……こと」

下襲の脇《わき》から手を差し入れられ、単の上からまさぐられる。彼の手が胸を走って、ひくんと腰が反応した。

「敏感ですね……相変わらず」

「そ、んなこと……言うな」

敏感なのではない、そうされたのだ。貴之に何度も抱かれて、変わっていった体の反応をどうしようもなく羞恥《しゅうち》しながら、しかし心地よさには逆らえない。もっと、と体を擦りつけてしまう。

「ん、む……、っ、……っ」

舌をからめとられ、ちゅくりと吸われる。力を込められて、舌が抜けてしまいそうな感覚を味わいながら、それが性感につながっていくのを感じている。

「っあ……あ、あ……、っ……」

「師匠」

色めいた声でそう呼ばれて、腰を支えていた腕で引き倒される。畳の上に俯《うつぶ》せにされ、腰を高くあげる恰好を取らされた。

「や、ぁ……こんな、恰好……！」

「色っぽいですよ、師匠」

くすくすと、貴之が笑うのが聞こえる。彼の手は腰から背中に這って、布越しの感覚にぞくぞくと震えた。

「猫、みたい」

甘い声で、貴之はささやいた。

「ねぇ、猫みたいに啼《な》いて？」

「な、ぁ……、に、を……」

そのようなことができるはずがない。それでも貴之は、なおも藤春が本当に猫であるかのように、何度も繰り返し背を撫でるのだ。

「ねぇう、って、啼いて？」

「啼かな……、っ……」

「あれって、いやらしいですよね」

後ろからのしかかり、藤春の耳に舌を伸ばしながら貴之は言った。

「寝よう、寝ようって。猫の、恋泣きって言いますしね」

「おまえの、感覚が……おかしいだけだ」

掠れた声で、藤春は彼に逆らった。

「私、には……そのように、聞こえない」

「あれ、そうですか？」

ひ、ぁ、と藤春の声が響く。耳の端をきゅっと囓《かじ》られて、ぞくぞくとしたものが下半身までを走ったのだ。

「……でも、猫なんか、どうでもいいや」

猫のように啼けと言っておきながら、貴之はそのようなことを言う。

「師匠が啼いてくれたら、それでいい」

「いいから、退《ど》け」

耳を舐められ、歯を立てられ、掠れた声で藤春は訴えた。

「重い……こんな恰好、させて」

「いいじゃないですか」

くすくすと笑いながら、貴之は後ろからのしかかる体勢をやめようとはしない。

「こうやってると、師匠とひとつになってるみたい……まだ挿れていないのに、挿れている、みたい」

「そのような、こと……」

このような恰好は屈辱的で、しかも貴之の言うとおりなのだ。衣服を身につけているのに、まるで犯されているように感じる——だからいやだと言うのに、貴之は藤春がいやがっているのを悦《よろこ》んでいるかのようだ。

「本当に、挿れてもいい？」

耳に直接、貴之の声が注がれる。

「全部、脱がせて。……師匠の体、見てもいい？」

「ん、あ、っ！」

その声に煽られて、体の芯が反応した。まだ袴を穿《は》いたままだけれど、自身が勃起しているのが感じられる。痛いほどになって、愛撫を待っているのがわかる。

「や、っ……、はや、く……」

いつの間にか、藤春はそう呻いていていた。ふふ、と貴之の、吐息とも笑いともつかない熱い息が、耳にかかる。

「早く……、なに？」

意地悪く、彼はそう尋ねた。声をあげて、藤春は身を捩る。

「早く、なにを……？ なにをしてほしいんですか？」

「いぁ、あ……、っ……、……！」

耳を嬲られながら、彼の手が下肢にすべってくる。袴越しに自身を摑まれ、咽喉から乾いた声が洩れた。

「ひ、ぃ……、っ……」

「こっち、もう、がちがち」

愉しそうな口調で、貴之が言った。

「早く脱がせてほしい？　脱がせて、突っ込んで……猫みたいな恰好のまま、犯してほしいんですよね？」

「ち、が……あ、ああ……、っ……」

口では否定しながらも、実のところはそれを求めている自分に気づいている。自分ではとても声に出せない淫らなことを貴之が口にして、それを拒みながらも、気づけばねだって腰を揺らしているのだ。

「違うって、師匠。その気のくせに」

ふふふ、と貴之が艶めかしく笑う。

「ほら……体、揺れていますよ。こっちだって、濡れてきて」

「いぁ、あ……あ、あ……、っ」

貴之の手がすべる。袴を引き下ろされ、小袖の裾《すそ》を捲られて、剝き出しの下半身を彼に突き出す恰好になってしまう。

「すごく、いい恰好」

洩れる貴之の笑いには、しかし明らかな情欲が滲んでいる。その声に、ぞくぞくさせられた。もっと聞きたいと振り返ると、濡れた彼の瞳《ひとみ》が視界に入って、思わず瞠目《どうもく》した。

「師匠も、待っている」

「あ、あ……や……、っ……」

「ここ、濡れているの。わかりますか？」

そう言って貴之は、双丘のはざまに指を這わせてきた。女人でもあるまいに、男でも濡れるなんて――そのようなことは、貴之に教えられたことだ。

「あ、……おまえ、だけに、だ」

震える声で、藤春は言った。

「おまえだけが、知っていること……」

「ええ」

昂奮を隠さずに、貴之は呻く。

「こんな師匠の恰好……ここ、ひくひくさせて。私を待っている……」

「早、く……早く……！」

「挿れ……、っ、……」

掠れた声で、藤春はせっつく。

「わかっていますよ」

貴之は笑い、そして双丘に、ふっと熱い呼気がかかる。それに藤春は大きく反応し、そんな彼の腰を貴之は押さえ込んだ。

「まずは、慣らさないと」

「いぁ、……いい、から……は、や……」

「だめですよ」

童を宥めるようにそう言って、彼は秘所に唇を寄せる。ちゅっと音を立ててくちづけられて、すると羞恥が体中を走った。

「いい、いいから……、……」

震える声で、藤春は訴える。

「その、ようなところ……やめ、ろ……」

「いいえ」

そのまま彼は舌を伸ばし、秘孔を舐められる。ぞくぞくっと悪寒のような感触が全身を走り、藤春は大きく背を反らせた。

「んぁ、ああ……、ああ、っ、……」

「っ、ん……」

ぺちゃ、くちゅ、とあがる水音が情感を煽る。舐められている箇所からも、耳からも感じさせられて、放置されている自身はますます硬くなるばかりだ。

「ふぁ……ああ、あ……、っ……っ」

「ふふ……、ここ、もうべちゃべちゃですよ……？」

それはおまえの唾液《だえき》だろう、という反論は、形にならなかった。藤春は無意識のうちに自身に手をまわしていて、舐められる感覚と同時に、扱く。

「自分で、するんですか？」

そんな藤春の動きに、貴之が気づかないはずがない。それでも後孔を舐める動きは止めず、藤春のなすがままにさせるのは、なおも羞恥を煽るためだろうか。

「違って……？　私の前で、いっぱい……」

「あ、ああ……、ッ、……っ……あ、あ！」

自分で導く絶頂は、すぐそこにあった。藤春は情動に合わせて手を動かし、やがて腰を貫いた感覚に、高い声をあげる。

「いぁあ、あ……あ、あ……、っ……！」

「せん、せい」

掠れた声で、名を呼ばれた。同時にどくどくと白濁が弾け、頭の芯《しん》をも痺《しび》れさせる感覚に目の前が真っ白になる。

「は、ぁ……ああ、……、っ……、っ」

「ふふ……こっちも、反応した」

嬉しそうな口調で、貴之が言う。

「きゅう、って締まって。私を、こうやって締めてくれるのかと思うと……」

「っあ、あ……は、っ……」

脳裏は滲んで、貴之の声がうまく聞こえない。それでも秘所に指が突き込まれ、かりっと引っ掻《か》かれる感覚に、藤春の体は大きく跳ねる。

「ああ、あ……あ、あ、あっ！」

「ここ、師匠の悦《よ》いところ」

愉しげに、彼は言った。自身での絶頂を迎えて、続けざまに内壁の感じる部分をいじられて、快感が体の中でない交ぜになる。ぐちゃぐちゃにかき乱されて、なにも考えられなくなる。

「ほら、反応している……たまらないって、悦んでいる」

「いぁ、あ……あ、あ……、っ、……！」

「中がひくひくしているの、わかります？　私の指を、締めて」

「ひ……ぅ、っ、……っ、……う、う！」

「二本挿った。ますます強く、締めてきますね……？」

冷静な貴之の声が憎らしい。しかし藤春は、四つん這いになったこの恰好を保っていることで精いっぱいだ。貴之がどのようないたずらをしているのか――感じさせられることでしか確かめることができない。

「ほら、ここ」

「ん、ぁ、あ……あ、……、っ……、っ」

「柔らかいところ。押したら……引っ掻いたら、気持ちいいでしょう？」

「も、や……、ぁ……、っ、……」

泣き声で、藤春は訴えた。感じさせられすぎて、本当に泣いていたのかもしれない。猫のように啼け、という貴之の求めは、果たされたわけだ。

「い、ぁ……、いや。もう、……そこ、ばかり……、っ……」

「じゃあ、挿れてって、言ってください」

今日の貴之は、意地の悪いことばかり言う。そのようなことを、言えるはずがないのに――それでいて藤春は、貴之のことをよく知っていた。言わないと、きっと挿れてもらえない。

「い、っ……、っ……」

貴之は、藤春の蜜洞をぐりぐりと攻める。感じるところも、複雑な襞も、押され、引き伸ばされ、膝ががくがくと震えてきた。反射的に腰を引くと、突かれる場所が変わる。それにもまた感じさせられて、藤春は身を反らせてわなないた。

「っ、……い、……っ……ぁ、あ……」

「なんですか？　師匠」

わざとらしく「師匠」という呼びかけに力を込めて、貴之は尋ねてくる。

「どうしてほしい？　もっと深くまで……いじってほしい？」

「あ、や……ちが……、ちが、う、っ……！」

「じゃあ」

そう言って、貴之はきゅちゅっと音を立てて指を抜いてしまった。秘所が、ひくひくと震える。くわえ込むものを求めて、小刻みにわななないている。

「いらない？　これも、いらないですか？」

「や、ぁ……ちが……、それ、じゃ……な……」

水に濡れた猫のように、身を震わせながら藤春は叫んだ。

「おま、え……おまえを、……、っ……」

「私を？」

焦らされるのは、もういやだ。藤春は唇を嚙んで、振り向いた。そこには片肌を脱いだ貴之がいて、その袴が緩められているのを、そこから濡れた赤黒い欲望が見えるのに、ごくりと息を吞む。

「貴之……！」

藤春は声をあげた。畳に手をついたまま振り返り、体を反らせて貴之のほうに向き直った。

「せ、師匠？」

「ん、……、っ……」

口を開けると、貴之の両脚の間に伏せて、それをくわえた。

「師匠っ」

「く、……、っ、……ん……」

口に挿ってきた熱杭《ねっくい》の温度に、背筋がぞっと震えた。その感覚に耐えながら、両脚を擦り合わせながら、藤春は口での愛撫に神経を注ぐ。

「んぁ……、は、あ……、っ……」

「っ、ん……」

根もとから舐めあげ、先端を舌でつつき、流れ出る淫液を舐め取る。ごくりと音を立てて呑み込むと、咽喉の奥までが焼けるような気がした。

「っう、ん、……っ……、っ」

「せ、ん、せ……」

口をすぼめて吸いあげ、舌を大きく拡げて全体を舐めあげた。痛くない程度に軽く咬《か》み、その痕を舌先で擦るように舐める。

「ふぅ……、っ……」

貴之の掠れた喘ぎ声が、嬉しい。それにますます煽られながら、藤春は我を忘れて口淫に耽《ふけ》った。

「せん、せい」

困ったような調子で、貴之が呼びかけてくる。

「も、それ……以上。されたら、出る」

「出、して……」

途切れ途切れの声でそう言って、目だけで貴之を見あげた。視線が合うと彼はなぜか目を逸らせてしまう。その頬が、微かに赤く染まっているのに気がついた。

「だめ、です」

まるでわがままを言う童のような口調でそう言って、そして貴之は藤春の肩に手を置く。

そのまま手をすべらせて抱きあげると、藤春の唾液に濡れた自身を、ひくひくとうごめいている秘所に押し当てた。

「こ、んな……、恰好、で……！」

貴之の膝の上に乗り、胸を合わせる恰好だ。彼と目を合わせ、その近さに驚く間もなく秘所が暴かれ、ずくずくと貴之自身が挿ってくる。

「いぁ、あ……ああ……、っ……っ……！」

指よりも重く、深い情動に体が仰け反る。藤春の腰を抱いて、貴之は笑みを浮かべながら腰を突きあげた。

「あ、あ、あ……、っ……、っ……」

内壁が引き伸ばされる。感じる部分を突かれて、息が止まった。ひくんと腰が跳ねて、また達してしまったかもしれない——そのような藤春の思考になど構わずに、貴之はなおも突きあげてくる。

「っあ、あ……ん、っ……、っ……！」

「中……、熱い、ですね」

はっ、と息を洩らしながら、貴之が唸《うな》る。

「締めつけられて……このまま、すぐに達きそう……」

「あッ……な、かでは……っ……」

それを拒むように、藤春は腰を捩った。しかし貴之からは逃げられず、藤春自身逃げたいとも思っていなかった。ただ中で放たれるあまりの快楽が恐ろしくて、そう呻いただけなのだ。

「だめ？　出すのは、だめ？」

「だ、め……、っ……ああ、あ……、っ……」

じゅく、じゅく、と内壁を擦られるたびに、濡れた音がする。同時に感じる神経が刺激されて、呼吸さえもがままならなくなる。その感覚が藤春をますます追いあげて、目に映るのは乱れた恰好をした貴之だけだ。

「ああ、あ……た、かゆ……、き……」

「師匠」

上気した顔をしているのに、その口調は妙に冷静だ。その差が藤春をますます追い立てる。昂奮して、なにも考えられなくしてしまう。

「……達くよ」

「あ、や……、ぁ、っ……言った、のに……！」

身を捩っても、訴えは認められない。貴之は軽く表情を歪め、そして最奥までを一気に

突いた。自重ですべてを呑み込んでしまった藤春は、深いところで跳ねる男の欲望、そして沁《し》み込む熱い粘液の感覚を知る。

「あ、あ……あ、っ……っ……ん、っ」

「ふ……、ぅ……、っ」

気づけば藤春は、貴之に強く抱きついていた。涙の滲む目を開けると、彼の微かに青みがかった瞳と視線が合った。唇が、自然に引き寄せ合う。重ねるだけのくちづけをする。

「ん、っ……、ッ……ん」

「……っ、ん、……」

ふたりして、荒い息を絡め合う。舌を舐め合い、唾液を混ぜ合わせて、さらに深くまで繋がりたいという欲望を満たそうとする。

「ふぁ、……、っ、……、っ」

乱れた呼吸を吐いた藤春は、びくりと下半身を震わせた。内壁を擦る陰茎が、ひとまわり大きくなったように感じたのだ。

「お、まえ……」

「隠せませんでしたか」

いたずらをした童のように笑う貴之は、藤春の腰を支えて揺すりあげる。それにまた新たな欲情をかき立てられて、藤春は慌てた。

「かく、せるわけ……、っ……！」

あ、と声をあげたけれど、遅かった。藤春は再び四つん這いにされ、後ろから貴之に突かれる恰好になっている。

「ふふ、そんなに背中を反らせて……やはり、猫のようですね」

「や、……ちが、……、そ、んな……！」

ぐるり、と中をかきまわされて、びりびりと情動が伝いくる。それをこらえようとしても、この恰好では今までにないところを突かれて、声を抑えることもできない。

「っあ、ああ……あ、あ……、っ……！」

「師匠、また……こんな、締めつけて」

この体勢では、貴之の顔が見えない。前に手をついたまま、ゆさゆさと揺さぶられて。自身が腹を叩いて、それにすら感じさせられる。内壁をかきまわされ、引き抜かれて突かれ、また引かれて擦られて、藤春の欲芯はもう何度目になるかわからない淫液を放つ。

「んぁ、あ、あ……あ、あ……、っ……」

「ふ、っ……、っ……」

どくん、と大きな衝撃があった。貴之がまた達したのかもしれないし、藤春の中が反応したのかもしれない。それに声も出ないほど感じさせられて、繋がったところに力が籠《こ》もった。

「だ、め……」

貴之が、藤春の腰に絡めた指に力を込める。

「そ、んな……、また、達きますよ……？」

「で、も……、っ、……っ……」

藤春は声をあげて、迫りあがる欲情を解放しようとする。しかし嬌声を吐き出しても腰を揺らしても、熱はますますあがるばかりで快感からは逃げられない。

「師匠の中、また……ぐちゃぐちゃにして」

後ろから突きあげながら、貴之は艶めかしい声で呟く。その声が耳に入り込んできて、その先を促すように藤春の情動を揺さぶって。

「師匠の、全部……私のものに、する」

「も、ぉ……」

――すべて、おまえのものだ。そのことをわかっていないはずはないのに、まるで嫉妬《しっと》するようなことを言って。そんな貴之に腹が立ったり、同時にかわいいと思う気持ちも湧いた。

「貴之、たか、ゆ……、っ……」

「藤春」

貴之はそう言って、そしてひときわ高く、腰を突きあげてきた。

「師匠……、せ、んせい……」

先ほど聞いたのは、間違いだっただろうか。貴之は藤春の名を呼んだ——それが奇妙に胸に詰まって、激しい情動に苛《さいな》まれて。

「達……く、達く……」

「あ、あ、……、っ……っ!」

体の深くが、大きくわななく。自分が達しているのか、貴之の熱を受け止めているのか——受け止める感覚さえもぐちゃぐちゃに混濁しながら、藤春は目の前が真っ白に塗り潰《つぶ》されていくのを知る。

「貴之……、っ……」

彼がまた、自分を名で呼んだように思った。しかしそれも意識の中に霞《かすみ》になって消え、やがてなにも、わからなくなった。

第八章　鞍馬山《くらまやま》の『藤のきみ』

思えば、藤のきみが山に籠もったという情報自体、あの陰陽師の言葉を信じれば、ということなのだ。

いくつかの山をまわって、しかし隠遁《いんとん》した陰陽師、という者は見つからなかった。この鞍馬山がいくつめの山になるのか、数えるのもいい加減いやになりながら、藤春は足を動かしていた。

あちこちの庵《いおり》をまわり、陰陽師であった者を訪ねる。それらしい返事があったのは、山の奥、夏なお涼しい谷近くにある、ある小屋でだった。

「この奥……一刻ほど行ったところに、庵室《あんしつ》があろう。そこに住んでいる男が――昔、陰陽師だったと聞いたことがある」

痩《や》せ細った男は、咳《せ》き込みながらそう言った。

「藤、という者ですか⁉」

「名までは知らぬ」

なおもごほごほと咳を続けながら、痩せた男は言う。さもあらんと、礼を言ってその場を辞する。藤春は、貴之と顔を見合わせた。

「ほつれている」

「え」

笠《かさ》からはみ出した髪を、指先で整えてやる。これほどになるくらい、山の中を歩いてきたのだ。

「このようなところまで付き合わせて、すまないな」

「それは構いません」

しかし女人ほどではないとはいえ、歩くことには慣れていない足だ。きっと擦り傷や肉刺《まめ》だらけになっていることだろう。藤春がそうなのだから、想像に難くない。

「ですが……今の者を信じていいものか」

どこか気弱にそう言う貴之も、もう疲れきっているのだろう。心から申し訳ないと、藤春は思った。

「これで、最後にしよう」

眉をひそめて、藤春は言う。

「これが、藤のきみでなければ……もう、終わりにしよう」

「ですが、師匠」

手にした杖《つえ》で地面をこんこんと叩きながら、貴之は言った。

「ここまで捜したのに、ここで、諦めてしまうんですか？」

「これ以上、おまえに苦労はかけられない」

先ほど聞いた、一刻先の谷を目指して重い足を引きずりながら、藤春は呻いた。

「それに……私も限界だ。これ以上は、歩けない」

「しかし、ここまで歩いたのに」

貴之は、生まれに似合わず根性があるらしい。音をあげかけている自分を情けなく思いながら、それでも得た手がかりだけを道しるべに、懸命に足を動かす。

一刻と聞いたのに、二刻経ってもそれらしい場所は見つからなかった。藤春は思わず弱音を吐き、貴之に叱られた。師匠のくせに情けないと自分を鼓舞し、先に進む。

「……あそこ」

大きく息をついた貴之が、言った。

「小屋に……見えませんか？」

「私には、苔《こけ》むした岩にしか見えないが」

その陰に人が住もうと思えば、住めるのかもしれないけれど。しかしあれは小屋ともいえない、ただの岩場だ。

「行ってみましょう。道を聞くだけでも、いいかもしれないですよ？」

「あ、ああ……」

足を引きずりつつ、岩陰に向かう。貴之が声をあげた。

「もし」

返事はなかった。やはりここは、ただの岩場なのではないか。人の気配などもせず、しかし貴之が「あ」と言った。

「円座があります」

「……円座なのか、あれは」

藤春は顔をしかめた。ただ積み重ねた藁《わら》がひしゃげているようにしか見えない。それを見つめている藤春の耳は、足音を聞きつけた。

桶《おけ》を持った老人が、こちらを見ている。男とも女ともつかないが、おそらくここに住んでいる——あの藁の山を潰した人物だろうと思われた。

「もし」

貴之は、先ほどよりも力強い声で言った。

「ここに住まっている、者か？」

「そうだが」

やはり、翁《おきな》とも嫗《おうな》ともつかない声で、その人物は言った。

「何者だ。何用だ」

「私たちは、藤と呼ばれる陰陽師を捜している」

その言葉に、その者はびくりと肩を震わせた。それで、充分だった。

「……藤のきみ、だな」

「なぜ、その呼び名を」

桶が地面に転がった。水が、あたりに撒《ま》き散らされる。

「やはり、おまえか」

「どういうことだ」

桶を手放した藤のきみは、動揺している。彼はどう見ても煤《すす》けた翁で、かつては女人のふりをして後宮に入っていたなどとは、信じられない風情だ。

「おまえを捜していた。ずっと……このひと月、ずっと、な」

「なぜ、儂《わし》を……」

そう言って、藤のきみは皺の中の目を見開いた。

「おまえは……いや、あなたは」

藤のきみが、唾《つば》を飲み込んだのがわかった。

「二の宮、か」

「覚えていたか」

貴之の言葉に、藤のきみは怯えた様子を見せた。しかし逃げるつもりはないようで、大きく目を見開いてじっと藤春たちを見つめている。

「そう、二の宮だ。貴之だ。おまえは私の宮で、いろいろと活躍していたようだな」

「あ、れは……」

また藤のきみは、唾を飲んだ。

「儂の、仕事だ。儂は、働いておっただけだ」

「我が宮でなにをしていたのか、それは問わない」

鷹揚《おうよう》な調子で貴之が言うと、藤のきみはほっとした様子を見せた。

「ここに来たのは、そのことを追及するためではない。……おまえ、この者を見知っているか」

藤春は、とんと背を押された。一歩前に出て、藤のきみとまじまじと目を見合わせる。

この顔に見覚えはあるだろうか——しかし皺に覆われた顔には、どこにも見覚えがないような気がする。

「……おまえ、第三の眼を持っているな」

藤のきみが呟いたので、藤春は驚いた。彼は手を伸ばし、藤春の額に触れようとした。反射的に、それを避けてしまう。

「それは、儂の徴だ。儂が残したものだ」

「ああ、そうだ」

そう言ったのは、貴之だった。

「おまえが、幼い師匠……藤春に残した。なにゆえ、そのようなことを？」

「藤春……？」

藤のきみは、その名を反芻《はんすう》しているようだ。二十年も昔のことを、覚えているというのだろうか。

「ああ」

はっと、藤のきみは息をついた。

「そう、頭痛持ちの童だ。儂が診《み》てやった……その原因が、物の怪であると気がついて」

「なぜ、第三の眼を植えつけた！」

怒りを隠さず、貴之が叫ぶ。藤のきみは、びくりと肩を震わせた。

「そのために、師匠は遭わなくてもいい目に……」

「そうか、やはり使いこなせなんだか」

悲しそうな表情で、藤のきみは言う。

「ともすれば、並みの陰陽師よりも優れた者になると思うたのだが……やはり、眼を使いこなすのは無理だったか」

「勝手なことを！」

このたび叫んだのは、藤春だった。

「どのような意図があったかは知らないが、勝手に見込んで、第三の眼などと……！ そのせいで、私がどれだけ迷惑をこうむったか！」

藤のきみは驚いた顔をしている。貴之も同様だった。

「取れ！ 取り去れ！ このようなもの、

「しかし使いようによっては、役に立つものだぞ？」

藤春の怒りがなにゆえかわかっていないとでもいうように、藤のきみは首を傾げた。

「取ったりつけたりできるものでもない……いったん取り去れば、もう二度と得ることはできぬのだぞ？」

「要《い》らぬ！」

なおも、藤春は叫んだ。

「さっさと取れ！　二度と、物の怪など見たくはない！」

「いいのか、本当に」

「いいと言っている！　さっさとしろ！」

藤のきみの慎重さに、いい加減苛立ちを抑えられない。そんな藤春に重ねて「いいのか」と問うた藤のきみは、彼に座るように促した。

「なにしろ、術を使わなくなって久しい」

言い訳するように、藤のきみは言った。

「上手く使えるかどうか、わからぬでな……失敗するやもしれぬ」

「やめてくれ……」

せっかく、藤のきみを見つけたのだ。失敗して、なにもかもが無になるようなことでは甲斐もない。

「責任を取れ。今まで私を苦しめたぶん、すべてを賭けて第三の眼を消すんだ！」

なおも、上手くいくかわからぬ、と言いながら、藤のきみは藤春の前に座る。そして藤春の額にくちづけた。

「うわ、あ、あ、あ！」

見目麗しい者にならともかく、皺だらけの老爺《ろうや》にくちづけられて嬉しいものではない。

藤春は思わず悲鳴をあげて、しかしこれも今までの悩みを解消する方法だと思えば、耐えるしかない。

「師匠」

貴之が心配そうな声をあげる。懸念しながら彼も、手を出すことができないのだろう。くちづけは、奇妙に長く続いたように感じられた。藤春は大きく身震いし、やっと唇が離れた。

「……あ」

生温かい感覚が額から遠のくのと同時に、藤春はなにやらすっきりとした感覚を得た。まるで今までまとわりついていたもどかしい皮を一枚脱ぎ捨てたような、そのような心持ちに、藤春は驚いた。

「な、んだ……？」

「成功したようだな」

ため息とともに、藤のきみはそう言った。いかにも疲れきったというように、その場にどっしりと腰を下ろす。

「おまえから、第三の眼はなくなった……消えた。もう、物の怪を見ることもあるまい」

「ず、頭痛のほうは？」

実際問題、物の怪よりも、そのたびに襲いくる頭痛のほうが、藤春には大きな問題だったのだから。

「それは、すっかり、というわけにはいかぬ」

藤のきみは、藤春をがっかりさせることを言った。

「そもそもは、おまえの体質だからな……しかしおまえの頭痛は、第三の眼のせいで物の怪に大きく揺り動かされていたところがある。今までよりは、ましになるだろう」

「ならばよいが……」

藤春はこめかみに手を添えた。頭痛のときはそこがしきりに疼くのだけれど、しかし今は、悪いものがすべて洗い流されたかのようにすっきりとしている。もう頭痛も起こらなそうに感じられるのだけれど、それは藤のきみの言うとおり、怪しいところではある。

「なにはともあれ、礼を言う」

そう言って藤春は、笠をかぶった頭を下げた。

「いや、師匠が礼を言うところではないでしょう」

後ろから、貴之がそう言った。それもそうだと藤春が頭をあげると、目の前では藤のきみがにやりと笑っている。

「いかにも、あのときの素直でかわいいお子……そのままの気質で、儂は嬉しいぞ」

「喜んでもらうには当たらない」

警戒しながら藤春はそう言って、藤のきみから離れる。また第三の眼とやらを埋め込まれては、たまったものではない。

「長い旅をさせて、申し訳なかった」

言って藤春はきびすを返す。貴之を見あげる。

旅姿に身をやつした彼は微笑んで、藤春に手を差し伸べた。その手を取ると、ぎゅっと引っ張られる。転びそうになって、慌てた藤春を貴之は抱きしめた。

「では、戻りましょうか」

離さない、という意思を隠さずに、にこやかに貴之は言った。

「都へ。私たちの住処へ」

「ああ……」

藤春は、貴之の肩の向こうを振り仰いだ。これからは、まともな生活が送れるのだ。出仕できないほどの頭痛や、物の怪や、そういったものから自由になれるのだ。

「帰ろうか」

そう藤春が言うと、貴之は嬉しそうな顔をした。そしてぎゅっと抱きしめてきて、その感覚に戸惑いながらも、藤春も迫りあがる喜びに微笑んだ。

終章　恋人の訪問

これでもう、終わりなのだと思った。

鞍馬山でのできごとから、都に戻ってきて、ひと月。その夜は夏の訪れを迎えて暑く、狩衣の衿もとを寛《くつろ》げながら、藤春は前栽を眺めていた。

「藤春さま」

女童が声をかけてくる。なにごとかと問えば、訪問者があるのだという。

(貴之……？)

とっさにそう思って、しかしそのようなことはないと思った。もう彼とは、縁はないのである。大学寮の学生でもなければ、雷鳴壺更衣の物の怪の件も解決を見せ、なによりも藤春にはもう物の怪は見えない。貴之と関わり合いになる理由は、もうない。

「師匠」

それなのに彼はなおも藤春をそう呼び、とびきりの竜胆唐草《りんどうからくさ》の直衣などに身を包んで、藤春を訪ねてきたのだ。

「ご機嫌は、いかがですか？」

「別に……」

それでも藤春は、貴之に「なぜ来るのだ？」と聞くことができない。来るなと言うこともできない。ただなんとなく貴之を迎え、なんとなく肌を合わせる関係を続けている。

「今日は、水菓子をお持ちしたのです。今日の風情には、ちょうどいいかと思いまして」

「ああ、ありがとう」

なんといっても、貴之は皇子だ。その贈りものは水菓子といえどもなかなか手に入るものではなく、どのようなものか藤春は少し興味をそそられた。

貴之は、当然だというように藤春の隣に座った。彼の体温を近くに感じ、藤春はどきりとした。貴之はこちらを覗き込んできて、にっこりと微笑んだ。

「どうなさいましたか。ご機嫌がお悪いのですか？」

「そういうわけではないが」

藤春は、少し貴之から遠のいた。彼を追いかけるように、貴之は腰を寄せてくる。

「離れろ」

「どうしてですか」

不服そうに、貴之は首を傾げてくる。覗き込まれて、藤春は戸惑った。

「今日の師匠は、なんだか変だ」

「変じゃない……」

少し掠れた声でそう言って、藤春はため息をついた。

「もう、ひと月だ」

「はぁ」

それがどうした、とでも言いたげに、貴之は返事をする。

「なぜおまえは、いまだに訪ねてくるんだ？」

「なぜ、と言われましても」

きょとんとした表情で、貴之は言った。

「恋人を訪ねてくるのに、理由などありますか？」

「こ、いびと……？」

今度は、藤春がきょとんとする番だ。そんな藤春に向けて、貴之は艶めかしい笑みを浮かべた。

「それとも師匠は、私を恋人と認めてはくださいませんか？　私は師匠を、妃として迎えたいと思っておりますのに」

「だから、その話は……！」

なにをふざけているのだ、と藤春は色めき立つ。貴之は、声をあげて笑った。

「まぁ、妃は冗談としても、しかし私はほかに通う者はおりません。師匠以外の妃も迎えません。師匠だけを、私の唯一の人と……永遠に」

「だ、だが、おまえは皇子ではないか」

戸惑いながら、藤春は言った。

「妃を迎えないなど、あり得ないではないか……皇子なのに」

「私は一の宮でもなければ、春宮でもない。妃がいないからといって、責められるゆえんはない」

「いや、だからといって……」

貴之は手を伸ばす。手を取られてぎゅっと力を込められ、そこから彼の情熱が流れ込んでくるかのようで、どきどきと心の臓が音を立てはじめた。

「師匠、好きです」

なおも藤春を動揺させる口調で、貴之は言った。

「師匠以外に、私の心をとらえた者はいない……」

「し、しかし！」

藤春は、彼を振りほどくように声をあげた。

「私は今では、物の怪も見えない……そんな私が、おまえの役に立てるわけがない！」

「恋人に、いったいなんの期待をするというのですか」

不思議そうに、貴之は言った。

「あなたは、ここにいてくれればいい……あなたは、私の前にいてくれれば、それでいい」

「だ、が……」

「あなたは、私の恋人」

今まで聞いた中で、もっとも甘い声音で貴之は言った。

「私の吾妹子《わぎもこ》……愛おしい、人」

うたうように彼は言って、そして藤春を抱きしめる。押し倒されて、仰向けの恰好で彼を見あげながら、藤春はため息をついた。

「まったく、おまえは……」

恋人が、男で、皇子で。この先いったいどんな運命が自分を待っているのか。

「どうしようも、ないな」

苦笑する藤春の唇を、貴之が塞ぐ。そんな彼の背に腕をまわしながら、藤春はまた笑った。

（まぁ、どうにかなる）

くすくすと笑う藤春に貴之は首を傾げて、それでもくちづけをほどこうとしなかった。

この先の行為を思ってぞくりと背を震わせながら、伝わる甘い思いに身を委《ゆだ》ねた。

（私も……この男を、憎からず思っているのだから）

ふわり、と夏の風が吹く。縁で身を重ねながら、藤春は貴之にまわした腕に、力を込めた。

（終）

あとがき

こんにちは、いつもありがとうございます。雛宮さゆらです。

デビュー作以来、久しぶりの平安ものです。デビュー以来、なんかずっと中華ものを書いてたような気がするんですが、それに他意はないいんですが、担当さんに「平安どうですか」と言われて、久しぶりに平安もの萌えを思い出しました。どうか、楽しんでいただけておりましたら嬉しいです。

プロットでは、藤春のみならず貴之まで女装してHするという（私の）萌え萌え倒錯シーンがあったんですが、担当さんに止められました……ぜひともイラストつけてくださいってお願いしたんですが「女装Hは藤春の女装シーンがあるでしょう」と宥められまして。ああ、見たかった貴之の女装シーン。というわけで、脳内で想像して自分を慰めております。別に女装が性癖ってわけではないのですが、平安時代だから！　裳唐衣（十二単）はいくらでも見たい、とイラストレーターさん泣かせの萌えを滾らせてしまいました。

そんなわけで、イラストをお願いしましたまつだいお先生。かっこかわいい貴之と、凜々しい藤春（女装込み）と、おちゃめな帝と意外とイケメンな成晃。ありがとうございました。ラフが送られてくるたびに、にやにやしながら見とれておりました。

最近、着ものにハマっております。夏、何気なく「浴衣を着よう」と思い立ち、着つけをインターネットで独学してみたら、なんだか思いのほかうまくできて「ひとりでできるやん！」というわけで、お出かけのときには着ものな昨今です。好きな生地は銘仙です。好きな帯結びは花文庫です。帯は、年齢的にもお太鼓のほうがいいのはわかっていますが、だってお太鼓、かわいくないんだもん……（暴言）。執筆の息抜きに、着もの屋さんのサイトを見ては、うっとりしています。こうなったら着つけの教室に通って、免許取りたいと思っているのですが、果たしてそんな時間は取れるのか。

いつもお世話になっております、担当さん。久々に平安ものへの情熱を思い出させていただき、ありがとうございました。そしてなによりも、読んでくださった読者の皆さまへ最大級の感謝を捧げます。いつもありがとうございます、本年もどうぞよろしくお願い申し上げます。

雛宮さゆら

本作品は書き下ろしです。

ラルーナ文庫

この本を読んでのご意見・ご感想・ファンレターなどお待ちしております。〒111－0036 東京都台東区松が谷1－4－6－303 株式会社シーラボ「ラルーナ文庫編集部」気付でお送りください。

皇子《おうじ》のいきすぎたご寵愛《ちょうあい》
～文章博士《もんじょうはかせ》と物《もの》の怪《け》の記《き》～

2017年3月7日　第1刷発行

著　　　者｜雛宮《ひなみや》 さゆら

装丁・DTP｜萩原 七唱

発　行　人｜曺 仁警

発　行　所｜株式会社 シーラボ
〒111-0036　東京都台東区松が谷1-4-6-303
電話　03-5830-3474／FAX　03-5830-3574
http://lalunabunko.com

発　　　売｜株式会社 三交社
〒110-0016　東京都台東区台東4-20-9　大仙柴田ビル2階
電話　03-5826-4424／FAX　03-5826-4425

印刷・製本｜シナノ書籍印刷株式会社

　ISBN978-4-87919-985-0